セシル文庫

上司と純愛

～男系大家族物語 5 ～

日向唯稀

イラストレーション／みずかねりょう

上司と純愛 ～男系大家族物語5～◆目次

兎田家
父
兎田 颯太郎 (39)
シナリオ作家。
亡き妻の分まで
大家族を守っている
長男
兎田 寧 (20)
西都製粉株式会社に
高卒入社した 2 年目
営業マン
次男
双葉
高校二年
生徒会副会長
三男
充功
中学二年
やんちゃ系
四男
士郎
小学四年
高 IQ の持ち主
五男
樹季
小学二年
小悪魔系
六男
武蔵
幼稚園の年中さん
七男
七生 (1 才後半)
兎田家のアイドル

男系大家族 兎田家と それを取り巻く人々

鷲塚 廉太郎 (24)

寧の同期入社。
企画開発部所属

隼坂

双葉の同級生。
風紀委員長

鷹崎 貴 (31)

西都製粉株式会社の
営業部長。
姪のきららを引き
取っている

エリザベス

兎田家の隣家の犬。
実はオス

エイト

エリザベスの子供

鷹崎きらら

幼稚園の年中さん
貴の姪

上司と純愛

～男系大家族物語5～

プロローグ

十月――体育の日に絡んだ三連休の初日のことだった。

「いつもありがとう。本当に、俺は幸せだ」

「部長」

太陽が西の空に沈み行く時間、高卒入社二年目の俺・兎田寧《とだひとし》は上司であり年上の恋人でもある鷹崎貴《たかさきたかし》部長の愛車のナビシートで、手に汗を握っていた。

別に今日の日中が、小春日和《こはるびより》で気温が高かったからではない。部長の同期で親友の獅子倉《ししくら》部長を羽田空港へ送った帰り道、互いの家族構成上なかなか二人きりになることのない俺たちは、信号待ちのひとときに高揚《こうよう》したからだ。

「俺も、俺も幸せです。本当にいつもありがとうございます」

「兎田」

気持ちを言葉に出して〝好き〟を確かめ合い、惹かれ合うままにキスをした。

そうしたら、鷹崎部長に火がついた。

「このままじゃ事故を起こしそうだな。休んでいくか？」

たまたま視界に入ったのだろう。道路脇にあったラブホテルらしき建物を見ながら「駄目か？」と聞いてきた。

俺は躊躇《ためら》うことなく、「いいえ。駄目じゃないです」と答えた。

部長の誘い方や視線が魅力的すぎてというのもあるが、俺自身がすでに身体の奥底から彼を欲していた。

恥ずかしいけど発情していたから、ここで「駄目です」なんて言えるような選択肢は皆無《かいむ》に等しかったんだ。

「あ、でも！　明日は運動会で保護者も走るので、お手柔らかにお願いしますね」

余計な一言まで言っちゃったけど。

「――――。了解」

部長は一瞬黙ったけど、すぐに笑ってハンドルを切った。

その結果、車は進行方向から逸れて、ラブホテルの入り口らしきところへ向かった。

車が三台ぐらい並んで通れそうなゲートには、ビニール製の大きな暖簾《のれん》のようなものがかかっている。

あれって車（乗り手？）の出入りを外からわかりづらくしているのだろうか？

ゲートの奥に駐車場があるようだ。建物そのものは七階建てのビジネスホテルがメルヘンチックなお城テイストに装飾されている。

近づくにつれてはっきりと見えてきた、ご宿泊・ご休息・ご延長価格を表示した看板が、そうでなくてもドキドキしていた俺の鼓動を早鐘のようにしてしまう。

『…な、中の部屋って、どうなってるんだろう？ 外装《がいそう》と一緒なのかな？ 前に部内の先輩たちが、昭和のバブルを垣間見たって言ってたのを盗み聞きしちゃったけど、平成生まれの俺には想像がつかないんだよな』

信号からの距離はそれほどでもないし、実際到着まで一分ぐらいだった。

だが、初めてのラブホテル（シティホテルとは背徳感《はいとくかん》が違う！）だと思うと、俺の興奮具合は手に汗握る形で現れた。

年の差以上に恋愛経験豊富そうな部長は、表情ひとつ変えずにいたが、そもそも初恋が二十歳で、相手が鷹崎部長ってぐらい奥手だった俺にとっては、何から何まで初めて尽くしだ。

バイブランレッドのフェアレディZ・STがゲートの暖簾を潜ったときには、固唾《かたず》を呑むほどの緊張感がマックスだ。

──にゃん・にゃん・にゃん・にゃん♪　にゃん・にゃん・にゃ・にゃん♪

「へ⁉」

「ん？」

──にゃん・にゃん・にゃん♪　にゃん・にゃん・にゃ・にゃん♪

しかし、突然聞こえてきたスマートフォンの着信音に、部長が焦《あせ》って車を止めた。

いつもなら、何かしらのトラブルを報告してくるのは、俺の弟たちだ。

俺が知る限り、部長が我が子として育てている姪《めい》のきららちゃん（幼稚園年中）から電話をかけてきたことは一度もない。

部長は何かの時のためにと、キッズタイプの携帯電話を持たせているのに、それでもこれが初めてだ。

それだけに、俺のドキドキはすぐに意味を変える。

──にゃん・にゃん・にゃん♪　にゃん・にゃん・にゃ・にゃん♪

「部長、出てください」

「あ、ああ」

──にゃん・にゃん・にゃん♪　にゃん・にゃん・にゃ・にゃん♪

部長は座席の傍らに置いていたジャケットの胸ポケットから、スマートフォンを探って取り出した。

――――にゃ
「もしもし。俺だ。どうした？」

俺は身を乗り出して、耳を傾ける。

『本当に、どうしたんだろう？』

きららちゃんは昨夜から、部長や獅子倉部長と一緒に、東京都下のベッドタウンにある俺の家に泊まっていた。

今は父さんや六人の弟たちと一緒にいる。明日は四男・士郎《しろう》（小四）と五男・樹季《いつき》（小二）の通う小学校で運動会があり、それを一緒に観に行くことになっているからだ。

当然、お弁当もたくさん作る予定なので、「私も手伝う！」と朝から張り切っていたんだけど――――。

『卵が足りないから買ってきてとかならいいんだけどな…』

俺は、間違っても買い物に出た先で皆とはぐれた、一人でどこにいるのかわからないとかって内容じゃないことを心から祈った。

きららちゃんは誰がどこから見ても色白で黒髪がサラサラの美少女だし、変な奴に攫われたら大変じゃすまない。

すると、

〝パパ！　エンジェルちゃんがいたの。エンジェルちゃんよ！〟

歓喜したきららちゃんの声が響いてきた。

俺にもはっきり聞こえるほどの大きな声で、部長が耳からスマートフォンを離す。

〝エンジェルちゃん、きららのおうちに連れていってもいいよね！　いいよね!!　いいよねーっ!!〟

何がどうしたのかさっぱりわからなかったが、きららちゃんが大興奮していることだけは確かだった。

やたらに「いいよね」を連呼《れんこ》しているのを考えると、何か鷹崎部長に許可を取りたいことがあるのだろう。

だが、内容がわからないまま「いい」も「駄目」もない。部長は「とにかく帰ってから話そう」「返事はそれからするから」と言って、きららちゃんを落ち着かせた。

そして、いったん通話を切る。きららちゃんの第一声が、思いがけず鼓膜に響いたのか、若干辛《つら》そうだ。

それにも増して、困惑気味だ。

「エンジェルちゃんってなんだ？　七生《ななお》くんのことか？」

きららちゃんは、俺の父さん・戸田颯太郎《とだそうたろう》が原作をしている魔法系の美少女アニメ・聖戦天使にゃんにゃんエンジェルズの大ファンだった。

その中に今言った〝エンジェルちゃん〟という羽の生えた白猫キャラクター（最初は普通の白猫だが、天使の力で羽が生《は》えて人の言葉を話すようになった！）がいるのだが、きららちゃんはうちの末弟である七男・七生（現在一才九ヶ月）をそう呼ぶことがある。

そのため、鷹崎部長は七生にまた何かあったのか？　と、心配してくれた。

現時点で、少なくともきららちゃんが安全だし元気なのもわかったからだろう。

「どうなんでしょうか？　なんにしても、早く帰って話を聞いてあげないと、熱を出しそうな興奮具合でしたよ」

ただ、俺は今日ばかりは七生のことじゃないような気がした。

それなら父さんか次男の双葉《ふたば》（高二）か充功《みつぐ》（中二）あたりが俺に電話してくるだろうし、きららちゃんが鷹崎部長に直接連絡はないと思えたからだ。

「そうだな」

とはいえ、部長がごく自然にアクセルを踏み直してハンドルを切った瞬間、ゲートのビニール暖簾が風に煽《あお》られてバサッと翻《ひるがえ》った。

「…あ」

なんとも言えない気まずさが車内に漂ったことは言うまでもない。

あれだけ火照《ほて》っていた俺の身体は、すっかり冷めている。

でも、きっと部長も同じだろう。

にゃん・にゃん・にゃん♪　で玉砕だ。

「ぷっ」

もっとも、俺は三秒後には吹いちゃったし、鷹崎部長も笑うしかない状態に陥っていた。

七人兄弟の長男の俺にとっては、この手のことは日常茶飯事だし、ここでUターンはちょっぴり残念だけど、家族や子供優先は当たり前のことだ。

むしろ、早く事情を知って解決できるほうが安心だし、部長もあれこれ心配しながらイチャイチャできるタイプではない。

とすれば、ここで帰宅の選択は間違えていないし、俺としては価値観が同じで嬉しいばかりだ。

ただ、改めて家路をたどることになった移動中――。

「すまない。俺から誘っておいて」

「いえ。気にしないでください。仕事中じゃなくてよかったですね。帰るに帰れない状況だったら、もっと大変ですから」

「…ありがとう」

心から謝罪し、また感謝して。とても照れくさそうに笑っていた鷹崎部長が、俺はこれまで以上に好きでたまらなかった。

実際、立つ瀬が無い感が満載で、今にも溜息を漏らしそうな微苦笑だったけど。

それが言葉にはできないほど愛《いと》おしく思えた。

1

俺と鷹崎部長は、それから二時間しないうちに家に着いた。

すでに辺りは暗くなり、空には星が光っている。

「ただいまー」

「パパ！　ウリエル様、お帰りなさーい」

「ひっちゃーっ。きっパーっ」

「わーい！　お帰りお帰り～」

「寧くん、きららちゃんパパ、お帰りなさ～い」

俺と鷹崎部長が玄関に立つと、リビングからはきららちゃんと七生、そして六男・武蔵《むさし》（幼稚園年中）と樹季が走り寄ってきた。

いつにも増してテンションが高い。瞳もキラキラしていて、ほっぺたも心なしか赤くなっている。

相当な興奮状態だ。

「さ。上がってください、部長」

「お邪魔します」

突然きららちゃんが部長に電話をかけてきた理由は、すでに双葉からメールで教えてもらっていた。

なので、俺は〃エンジェルちゃん〃の正体を確認するべく、鷹崎部長とリビングへ直行する。

「ただいま」

「あ、お帰り。寧兄。鷹崎さん」

「お邪魔してます」

俺たちの姿を見ると、ダイニングテーブルに着いていた双葉と双葉の同級生・隼坂《はやさか》くんが声をかけてきた。

「お帰りなさい。寧兄さん。鷹崎さん」

「お帰り」

続けて士郎と充功。

俺と鷹崎部長は、軽く会釈《えしやく》だけして、そのままリビングに向かう。

「お帰り、寧。お疲れ様でした。鷹崎さん」

リビングに置かれた応接セットのソファには、父さんとお隣の老夫婦が向かい合って座っていた。

「あらあら、お帰りなさい。寧くん」

「おお。邪魔しとるぞ」

そして、ソファの脇には老夫婦の飼い犬であり、俺たちの兄弟同然でもあるエリザベス（セントバーナード♂《オス》）が、力尽きたように伏せている。

その頭の上には、真っ白な子猫を乗せて――。

「バウッ」

「みゃっ」

そう。きららちゃんの言う〝エンジェルちゃん〟は、エリザベスにぴったりくっついて離れないという、この白い子猫のことだった。

「うわぁ。この子か…。真っ白でブルーの瞳が綺麗で、可愛い子だね。一ヶ月は過ぎてるのかな？　思ったよりしっかりしてるね」

なんでも公園に捨てられて、お腹を空《す》かせていたのを充功が発見。見過ごすことができずに保護してしまったのが発端だ。

ただ、ペット禁止（というより、子供の世話で精一杯なので無理！）の我が家には連れて帰れないものだから、一時しのぎにエリザベスの小屋に隠した。

充功的には、とにかく子猫のお腹を満たしてから今後のことを考えようと思っていたらしいが、隠してから一分そこそこでエリザベスのおばあちゃんに見つかった。

しかも何を焦《あせ》ったのか、おばあちゃんが、

「エリザベスが今度は子猫ちゃんを生ませてしまったわ！」

おじいちゃんだけではなく、父さんにまで知らせてきたものだから、我が家としてもビックリだ。

充功なんか真っ青だし、エリザベスに至っては、そんな馬鹿なという話だろう。

確かについ最近、エリザベスは隼坂くんのところのエルマーちゃんとの間に、可愛い子犬たちを六匹も誕生させたばかりだが…。

いくらなんでも猫の誘惑には乗れないだろうし、誘われることもないだろうからね。

もちろん、おばあちゃんはすぐに動揺していた自分に気づいて、「あらやだわ。私ったら」って、真っ赤になったみたいだけど。

「エンジェルちゃん、可愛いね。エリザベスと仲良しで、いい子ね」

「みゃん」

「えったん、もふもふよー」

「くぉ～ん」

「エリザベス、モテモテだな」

「子猫、可愛いねぇ」

『あーあ。ちびっ子たちは夢中だな。それに、充功が哀れなぐらいに肩を落としてるのも、珍しくて可愛いや』

――――とはいえ、問題はこの真っ白な子猫ちゃんが、アニメのエンジェルちゃんにうり二つだったということだ。

きららちゃんは一目で「きららのところにエンジェルちゃんが来てくれたんだ！」と歓喜して、部長に電話をかけてきた。

〝パパ！　エンジェルちゃんがいたの。エンジェルちゃんよ！〟

〝エンジェルちゃん、きららのおうちに連れていってもいいよね！　いいよね!!　いいよねーっ!!〟

そして、あの内容になった。ようは、捨て猫だった子猫ちゃんを家で飼いたい！　ということだろう。

それがわかるだけに、鷹崎部長もすぐには言葉が出ないでいる。

父さんたちに会釈をしつつも、みんなに構われてご機嫌になっている子猫を見つめて、眉をひそめたままだ。

「パパ！　エンジェルちゃんをきららのお家に連れて行ってもいいよね。エンジェルちゃん、公園の段ボールにいたんだって。お家《うち》のない子なんだって。だから、いいよね」

きららちゃんが子猫を抱き上げて、これでもかってほどの笑顔を鷹崎部長にぶつけてきた。

きららちゃんの気持ちもわからないではないが、部長の気持ちも想像できるだけに、俺や父さんたちは言葉がない。

男手一つできららちゃんを育てるのだって大変だろうに、その上子猫？

犬のように散歩の手間はなくても、生き物は生き物だ。病気もすれば、機嫌が悪くなるときだってあるだろうし、飼った限りは世話をする。最期まで面倒を見るのは最低の義務であり責任だ。

「パパ？」

ここに来るまでも考えていただろうけど、本人たちを目の前にしたら、尚更考えてしまったのかな？

部長が黙り込んだままだから、きららちゃんも急に不安そうな顔になる。

「失礼します。ちょっと、お話してもいいですか？」

声をかけてきたのは、隼坂くんだった。

隼坂くんは獣医志望で、幼い頃からそのための勉強をしていた。

実際、ブリーダーさんや獣医さんの知り合いも多いらしく、犬猫の出産には何度も立ち会っている。

エルマーちゃんの出産に立ち会ったのも隼坂くんだし、少なくともここにいる誰より動物には詳しいだろうから、それで双葉が連絡したんだ。

まずは子猫の健康チェックが先だろうから、できたら様子を見てほしい。場合によっては獣医さんに連れて行くから……って。

まあ、結果は見ての通りで、元気いっぱいだった。

特に問題もなさそうだし、自分でミルクも飲める。予防接種などで獣医さんに連れて行くにしても、焦らなくて大丈夫とのことだ。

「単刀直入にお聞きしますが、鷹崎さんのマンションって、ペットの同居はありなんですか？　禁止のところもありますよね？　話はここから始まると思うんですけど」

しかし、そんな隼坂くんだけに、鷹崎部長の心情はある程度察しているだろう。

これまでに捨て犬や捨て猫の里親捜しも手伝った経験があるそうだから、誰が何を言わなくても、まずは環境の問題から確認しようという感じだ。

もしかしたら、そうすることできららちゃんが子猫を諦めるように、話を持って行こうとしているのかもしれないが――――。

「え？」

隼坂くんの問いかけに、きららちゃんから笑顔が消えた。

きららちゃんはとても頭の回転が速いし、理解力もある子だから、隼坂くんの問いかけの意味も察したのかもしれない。

それを見た鷹崎部長の表情が、余計に険《けわ》しいものになる。

「だからね、きらら。今、パパと一緒に住んでいるお家って、たくさんの人が集まって住んでいるところだろう。だから、そういうお家というか建物には、みんなで守りましょうねっていうお約束があるんだよ」

ダイニングテーブルから立ち上がった士郎が、隼坂くんの援護射撃に加わった。

今のところ、きららちゃんの王子様は士郎だから、こうなると士郎が説得してくれるのが一番無難なのかな？

いや、さすがにそれは無責任か。

これぱかりは、大人がきちんと対応しないとな――――。

「お隣のお家には、わんちゃんがいるよ。下のお家には猫ちゃんや鳥さんもいるの」

「あ。そうなのか」

だが、今夜ばかりは大人顔負けの策士《さくし》・士郎も玉砕《ぎょくさい》か？

鷹崎部長が住んでいるマンションは、ペット可物件だった。

そもそも賃貸と買い取りの両方があるようなマンションだけに、この辺りは寛容《かんよう》なのかもしれない。

「パパ…。エンジェルちゃん…駄目なの？」

そうこうするうちに、きららちゃんの眉がハの字になってきた。

「きらら、いっぱい可愛がるよ。ちゃんとご飯《はん》もあげるよ」

大きな瞳がうるうるしてきて、子猫を抱く手が心なしか震えている。

「エンジェルちゃんがいたら、お留守番だってする。もっといっぱい、いい子になる。ねえ、パパ！」

悲鳴のように聞こえたその声に、俺は胸が潰れそうだった。

でも、なかなか返事がもらえないきららちゃんのほうが、もっと胸が痛いだろう。普段から聞き分けがよくて、滅多にわがままも言わない子だけに、誰もが動揺を隠せない。

すると、鷹崎部長がきららちゃんの前に片膝を着いた。

そして、頭を優しく撫でて、

「そこまで頑張らなくてもいいよ。きららはもう、十分頑張ってるんだから」

「パパ？」

「連れて帰ってもいい。今日から子猫をきららのエンジェルちゃんに、うちの子にしてもいいよ」

「パパ！」

部長の決断に、きららちゃんの顔がバッと明るくなった。

声もワントーン上がって、本当に嬉しそうだ。

しかし、鷹崎部長の顔つきは優《すぐ》れない？

「ただし、これだけは先に言っておく。今まではパパときららで生活してきた。けど、これからはパパときららと子猫で生活することになる。仮に、もしも子猫が車が苦手で遠出ができないと思ったら、パパは家にいるよ。子猫だけ何日も留守番をさせて出かけるとか、ペットショップに預けるとかしてまで、無理には出かけない。だから、今みたいに兎田《とだ》の家にお泊まりに来ることもなくなって、よくても日帰りになるが、そうなっても怒るなよ」

優しい口調ではあったが、内容は驚くぐらいシビアなものだった。

「え？」

「だって、子猫は生きてるんだ。きららと同じように、好き嫌いもあるだろうし、苦手なことがあっても当然だ。時には病気をすることもあるだろうし、そうしたらパパやきららのほうが子猫に合わせて、今日は家で遊ぼうってなっても、おかしくないだろう」

俺のほうが唖然としてしまった。

それぐらい鷹崎部長がきららちゃんに求めた〝子猫を飼うための条件〟や〝代償《だいしょう》〟は、大きいものだ。

きららちゃんの笑顔が、一瞬にして凍り付く。

「――――」

その場でぺたんと座り込んでしまった。

抱いていた子猫が腕からすり抜けていく。

もちろんこれが仮の話、たとえ話だということは、俺たち大人にはわかる。

きららちゃんに一番わかりやすい〝もしも〟の比較として、鷹崎部長は俺とその家族を引き合いに出したにすぎない。

実際車が苦手な犬や猫はいるだろうし、無理に乗せてストレスはかけないっていう飼い主さんも多いはずだ。

それ以上に、部長の良識から考えれば、「子連れの上にペット連れで部下の家に遊びに行くなんて言語道断！　しかも、宿泊なんてできるわけがない!!」というのもあるだろう。

でも、きららちゃんには「子猫を飼ったら、今のようにはみんなと会えないし、遊べなくなるぞ」って聞こえたはずだ。

さすがにこれは厳しすぎる。

「部長」

俺は話しに割って入った。

「きついことを言っているのは承知の上だ。だが、これぐらいの覚悟はあって丁度いい。きららにしても俺にしても、引き取ろうとしているのは一つの命なんだ」

「――――」

しかし、これはこれで鷹崎部長の覚悟だった。

きららちゃんにとっては厳しい言い方だったけど、実際は鷹崎部長自身のほうが、よほど厳しい立場になることを想定したものだ。

なぜなら、どんなにきららちゃんが「頑張る」と言っても、結局面倒を見て責任を負《お》うのは鷹崎部長だ。

今でさえ、家事と育児と仕事で精一杯だろうに、その上今度は子猫の世話だ。

ちゃんと育てようと思えば、それなりに手間がかかることは、エリザベスやエルマーちゃんを見てもわかる。

だって、部長が言うように掛け替えのない一つの命なんだから、簡単なはずがない。

撫でるだけの愛情だけがあればいいというものでもないんだから――。

「大丈夫だぞ、きらら！　エンジェルは車が好きだ」

だが、誰もが息を飲んだ瞬間に、いきなり声を上げたのは武蔵だった。

「え？」

「ぶっぶーっ」

「みぁ～っ」

驚いて振り返ると、いつの間に持ってきたのか、武蔵のおもちゃ箱兼用のトラックの荷台に、子猫が乗っていた。

「えったん。えんちゃやにゃん。ぶっぶーっ」

「みゃ～っ」

「くぉ～ん」

しかも、車の前についている紐を、七生と一緒に引っ張り回していた。

それにもかかわらず、子猫は立ち乗りで尾っぽをふりふり、犬はしゃぎしている。

武蔵と七生だけに、けっこう激しく引っ張り回しているが、動じる様子も全《まった》くない。

むしろ、エリザベスのほうが気を使って引率《いんそつ》している保護者に見える。

これにはきららちゃんも驚いたのか、目をぱちぱちしている。

「武蔵。七くん…」

でもって、おそらく話の途中で二階からトラックを持ってきたのは、士郎？

俺と目が合うと、口元だけでフフッと笑った。

――やっぱり！

「よかったね、きらら。エンジェルは車が好きだって」

「士郎くん」

だが、これには俺も乗るしかない。

呆然としているきららちゃんの肩を叩くと、部長に向かってニコリと笑う。

「確かに、乗り物には強そうなタイプですね。というか、大好きそうですよ」

「…だな」

主犯が士郎だと気づいた段階で、部長も諦めたようだ。

これ以上何を言っても始まらないと踏んだのか、あっさり同意する。

「ウリエル様。パパ…」

「とりあえず、明日の運動会が終わったら、猫ちゃんに必要なものを二セット買ってこようか。きららちゃんの家とここに置いておけば、いつでも行ったり来たりできるしね」

「ミカエル様」

こうなると、父さんも子猫の飼育に協力的だ。

俺が〝これから頼まなきゃ〟と思っていたことを、さらっと発言してくれた。

「兎田さん。さすがにそれは…」

「本当にすみません。こちらの事情とはいえ、いつも来てもらうばかりで。せめて、これぐらいのことはさせてください。駄目と言われても、うちから寧だけをそちらに伺わせることは、まだできない状態なので」

「…兎田さん」

しかも、相変わらずのキラキラ笑顔に、こちらの家庭事情を全面押しだ。

そう言われたら、部長も子猫付きの行ったり来たりを納得するしかないだろう。

部長としては、「いつも親子でお世話になって」と恐縮気味だが、うちからしたら、俺が週末に家を空《あ》けて部長宅に遊びに行くのは、本当に無理な話だ。

なぜなら、週末の俺には一週間分の買い物からおかずの仕込みに、掃除・洗濯・子守がある。母さんがいないのに、それらを父さん一人に任せるのは、それこそ無理だ。父さんのほうが倒れてしまうし、双葉たちに手伝わせるにも限界はある。

けど、こんな家事三昧《ざんまい》の週末だというのに、デート気分を味わえるのは部長がきららちゃんと一緒に家に来てくれるからだ。

実際それがなかったら、プライベートで会うのは至難《しなん》の業《わざ》だし、会社帰りに上司と部下を装って会えるとしても、俺はきららちゃんを延長保育に預けてまでデートしたいとは思わない。これは鷹崎部長だってそうだろう。

でも、そういうところまで想像し、理解しているから、父さんや双葉たちはすごく協力的だ。

特に父さんは、「お互いまだまだ育児優先は一緒なのだから、変に気兼ねし合うよりは、協力し合って皆で笑顔になりましょう」と、鷹崎部長に言葉でも行動でも示してくれる。

そして、これればかりは俺が十を言うよりも、父さんが一を言ってくれるほうが、鷹崎部長には効果がある。

何せ、同じ父親の立場である以上に、恋人《おれ》の父親だから。

なんて思っていると、双葉や充功もダイニングから移動してきた。

「――あ、父さん。こっちに置く猫グッズに関しては、充功もお金を出すってよ。な、充功」

「もとを正せば、俺の責任だからな。ケージ代ぐらいは貯金から出すよ」

「双葉くん。充功くん」

充功に頭を撫でられて、きららちゃんも相当ホッとしているかな？

それにしても、充功が貯金とかしてたんだ！

子猫を拾ってくるより、驚きだ。

でも、そう言われたら、これってものを買ってるところを見たことがない。

たまに友達と買い食《ぐ》いはしてるみたいだけど、ゲーセンで散財したとか、ゲームソフトを買ったとか、思いあたらない。

漫画も友達が貸してくれるみたいだし、ゲームもパソコンやスマートフォンで無料のやつをしているぐらいだから、お年玉とかお小遣いとか意外とため込んでるのかな？

いずれにしても、こんな時に「貯金から出すよ」なんて、カッコイイぞ。

代弁《だいべん》した双葉まで一緒になって得意げだ。

ああ――――俺に似て兄馬鹿全開！

「じゃあ、最初に必要なものを書き出しておきましょうか。今夜のところは、間に合わせで用意しただけなので」

「エルマーのお兄ちゃん」

隼坂くんも本当にいい子だ。

いきなり呼び出させただろうに、嫌な顔ひとつしないで、心から子猫の里親が決まって喜んでくれている。

「よかったのう。子猫もいい飼い主に恵まれて幸せじゃ」

「きららちゃんたちのところなら安心ね。これからは子猫ちゃんを連れて、ぜひうちにも遊びに来てね」

「おじいちゃん。おばあちゃん…」

エリザベスのおじいちゃんとおばあちゃんも優しい。

最初に見つけたときは、子猫がエリザベスのお乳《ちち》を探っていたというんだから、相当驚いただろうし、その分さぞ安心しただろう。

『なんか、皆の優しさが温かい』

ただ、この場の全員が安堵し、ああよかったと胸を撫で下ろしたときだ。

「う…っ、あーんっっっ」

感極《かんきわ》まったのか、きららちゃんが声を上げて泣き出した。

「きららちゃん」

俺が慌てて抱き寄せると、しがみついてくる。

「みゃあっ」

「バウバウ」

子猫とエリザベスも寄ってきた。

「きらら」

「パパ！　ありがとう、パパっ！」

部長が声をかけると、きららちゃんは俺のところから部長のほうへ飛びついていく。

きららちゃんには、部長がとても大きな決断をしたことが、理屈抜きにわかるんだろうな。

そして、それが誰のためでもなく、自分だけのためだということが――。

「きららちゃん、泣かないで。はい、ハンカチ」

「きっちゃ、ないないよ」

「うん…。うん。ありがと…」

それでもさすがに樹季や七生にいい子いい子されたら、恥ずかしくなったかな？

きららちゃんはとても照れくさそうに笑いながら、樹季に渡されたハンカチで涙を拭いていた。

みんなまとめて抱きしめたくなるぐらい可愛い！

本当なら、ずっとこのまま見ていたい。

けど、そういう訳にもいかないから、俺はここで一声上げた。

「さてと。樹季たちはお風呂に入って、寝る支度をしようか。明日は運動会だしね」

「あいちゃ！　なっちゃ、おぶぶよーっ」

ぽってりオムツでぴょんぴょん跳ねる七生を抱き上げて、まずはちびっ子たちに目配《めくば》せをした。

すると、それを見て反応したのは隼坂くんだ。

「兎田。僕はそろそろ帰るね」

「あ、隼坂。そこまで送るよ」

「いいよ。どうせ自転車だし。それより、もしも猫グッズで不足が出たり、何か調子が悪そうだったら、夜中でも遠慮しないで連絡しなよ。これ、兎田のためじゃなくて、子猫のためだから」

「わかった。ありがとう。わざわざ来てもらって、本当に助かったよ」

「どういたしまして。僕のほうこそ当てにされて嬉しかったよ」

「隼坂」

――ああ、やっぱりいい子だな、隼坂くん。

俺が双葉なら、これだけでもキュンとしそうだけど、双葉本人はどうなんだろう？

一度は受けた告白を蹴ってるから、やっぱり好きにはなっても、恋にはならないのかな?

「よしよし。安心したのう。わしらも帰るか、ばあさん」

次に声を発したのは、おじいちゃんだった。

時間も時間だし…ということは、みんな心のどこかでわかっていた。誰かが収拾をつけるのを待っていた状態なので、ここは潮《しお》が引くようだ。

「ええ。そうしましょうか。さ、エリザベスも帰りましょう」

「バウッ」

そうして、隼坂くんとおじいちゃん、おばあちゃん、エリザベスは帰っていった。

「じゃあ、また明日」

「ああ」

中でも、そう言って会釈した隼坂くんは、いつの間にか明日の運動会にもちょこっと顔を出して、見に来ることになっていた。

2

秋の運動会が春から初夏に移動する学校も多い中、我が家がお世話になっている小・中学校は、夏前が中学校で秋が小学校と設定されている。

もともとは私立大学と付属高校を中心に開発された学園都市だったところへ、更にベッドタウンとしての裾野《すその》が広がったために、兄弟がいる家庭が断然多いからだ。

そのため、地域内の公立・私立の学校側も率先して協力し合い、極力この手の行事が被らないように工夫がされている。

そして、その工夫は幼稚園や保育園などにも広がっているため、隙を狙って行事を入れてくるので、よほど間が悪くなければ「被って行けない」と嘆く保護者はない。

逆を言えば、それを理由にすっぽかすこともできないが、地域的に教育熱心で子供への助成も手厚いので、俺が知る限りはみんな率先して参加する親御《おやご》さんだ。

我が家にいたっても、年がら年中誰かしらの行事で幼稚園や学校へ通っているので、こういった催《もよお》し物のときは自然に家族総出となる。

授業参観や保護者会関係は、母さんが生きていたときでさえ、俺も手伝っていたぐらいだから、どこへ行っても顔見知りだらけだし。それこそ保護者から先生から用務員のおじさんまで。

まあ、我が家の家族構成上、こちらが知らなくても相手のほうは知っているってパターンは多いけどね。

そうして、快晴で迎えた運動会当日。

父さんと俺は五時起きで、キッチンとダイニングをフルに使って、大量のお弁当を作り始めた。

すると双葉が目をこすりながら、二階から下りてくる。

「おはよう。俺は何したらいい？」

「え？　もう、勉強中心の生活にしていいんだぞ。こうなったら、一分一秒が惜しいのが、受験生だろう」

「いやいや。いきなり昨日の今日でガツガツやるのは無理だよ。大学を絞って、スケジュールを組んで。ある意味効率よくやらなかったら、逆に間に合わない」

「そっか。でも、そしたら、絞り込みの時間に…」

「検討するだけなら、お弁当を作りながらでもできるって。方向性が決まったら、士郎も相談に乗ってくれるしさ」

確かにいきなり年中行事から外されるほうが、もやっとするか。

ここは本人の主張が一番だろうしな。

「十歳児に聞いてどうするよって言いたいところだけど、この手の話は士郎が一番詳しそうだもんな」

「連休の間に、センター試験の過去問題を集めといてくれるって」

「頼りになりすぎだ」

「うん。間違いなく、うちの担任よりも士郎だな」

父さんも聞き耳を立てて笑ってるし――。

「そっかそっか。じゃあ、こっちを頼むよ。俺はサンドイッチを作るから」

「了解」

俺は簡単なやり取りのあと、五目お稲荷《いなり》さんのご飯詰め作業を頼んだ。

双葉がキチンに手を洗いに行くと、使い捨てのビニール手袋をはめた。もう、これだけで、お総菜《そうざい》屋さんみたいだ。

俺のほうはダイニングテーブルに大皿を並べて、小ぶりの五目お稲荷さんを五十個、おおにぎりを三十個、サンドイッチは二斤《きん》分作る予定だ。主食も副食も大きさの基本が武蔵から樹季ぐらいだから、我が家の料理は何かにつけてこじんまりしている。

だが、総重量がすごいので、最終的にはまったくこじんまりではなくなる。

特に今日は、部長やきららちゃん。鷲塚さん（四歳上の俺の同期）や隼坂くん、お隣の老夫婦分も用意する予定だから盛大だ。

家にある大小の重箱すべてが用意されていて、知らない人が見たら唖然とするか笑うかだろう。

「寧。こっちは準備できたよ」

作業開始から一時間もすると、父さんがキッチンから声をかけてくる。

「わぁ、すごい。いつにも増して大量だね」

「余ったらいったん家に持ち帰ればいいだけだし、毎年気がついたら人数が増えているパターンも多いからね」

俺と双葉は、カウンターに寄ると、ずらりと並んだおかずを覗き込んだ。

各トレーには、だし巻き卵と鳥の唐揚げ、タコ・カニウインナーと兎《うさぎ》カマボコ、素揚げされた根野菜やフライドポテト、エビフライなどがある。

今日ばかりはサラダ野菜も彩りに添える程度で、あとは食後用に冷たいフルーツポンチ。

そして、これに昨夜から冷凍してあるスポーツドリンクと麦茶入りのペットボトル（大小合わせて十数本）を、保冷剤代わりに用意したら完成だ。

ちなみに我が家には大容量の大型冷蔵庫だけではなく、中型の冷凍庫があり、食品専用ストッカーもある。

できるだけ買い出しは週一回と絞っているので、自然とこうなるのだが、炊飯ジャーも一升《しょう》炊きが二つあるし、オーブンレンジやホームベーカリーも二つある。

鍋やフライパンもほとんどが大型で、最初にきららちゃんが見たときに、「わ！　お店屋さんみたい」と言っていたのが、すごく可愛いかった。

我が家では見慣れた光景なので、誰もこのことでは感動を覚えないから余計だ。

「なんか、夏のキャンプを思い出すね。鷲塚さんも最初の樹季のプログラムまでには、間に合うように見に来るって言ってたし」

「うちだけで軽く四家族分は場所を取りそうだもんね」

「本当。他の人の邪魔にならないように、場所取りしなくちゃ。さ、双葉。詰めていこう」

「ＯＫ」

とはいえ、まだここから朝食の準備があるので、ホッとできない。

いつも以上に簡単にすませてしまいたいので、俺は五目ご飯の残りを確認しようとした。

すると、何やらダイニングテーブルの下から伸びてくる小さな手。

それに気づいた俺は、父さんや双葉と目配せをしながら、じっと様子を窺った。

時々見え隠れする頭は、背伸びかな？

小さな手がお稲荷さんを探って掴むと、そのままダイニングテーブルの下へ消えていく。

俺は、犯人がわかっていながら、わざと屈《かが》んで覗いた。

「こら。何してるんだ、七生」

「うへへっ。うんまよーっ」

ご飯粒をほっぺたにつけた七生が、お稲荷さんをパクついていた。

笑って誤魔化す顔がなんとも言えずに可愛くて、俺は怒って見せたけど、きっと顔は笑ってるんだろう。背後では、状況しかわかっていないはずの父さんと双葉が、すでに笑ってるぐらいだから。

「うんまはいいから、椅子に座って食べなさい。ほら、こっちきて」

「ひっちゃ、抱っこぉ」

「俺を米粒だらけにするつもりだな。もう、ほら。おいで」

「きゃー。ひっちゃ、だいだいよー」

「はいはい。頼むから、お稲荷さんを握りつぶすなよ」

俺は七生を抱き上げて、ベビーチェアーに座らせた。

「ひゃーっっっ。うんまーっ」

七生は目の前に広がる大量のお稲荷さんやらサンドイッチに、俄然《がぜん》目が輝いた。

オムツをぱっふんぱっふんさせるほどその場で弾《はず》んで、大興奮。これには俺の兄馬鹿も、磨きがかかる。

『本当にもう、可愛いんだから』

朝からの疲れなんか、吹っ飛んでしまう。

「おはようございます」

「おはようございまーす」

そうこうしているうちに、鷹崎部長と子猫を抱いたきららちゃんが起きてきた。

「すごいね、パパ」

「ああ。何をするにしても、兎田の家はダイナミックだな」

キッチン・ダイニングに並ぶお弁当を見て、完全に絶句している。

「おはよう」

「おはよー」

「おはよう。寧くん。樹季が起きないよぉ」

更に士郎と充功と樹季が起きてきた。

いつものことだが、俺は寝起きの悪い武蔵を起こしに二階へ上がった。

＊＊＊

朝食が済んだあと、士郎と樹季は一足先に学校へ向かった。

「さ、みんな。日焼け止めをちゃんと塗って。あ、きららちゃんと鷹崎部長もこれをどうぞ。七生用なので、敏感肌でも使えますから」

残った俺たちは、開会式に間に合うように支度を終える。

「まったく頭になかった。本当に次元の違いを実感するよ」

朝から鷹崎部長は、いつになくポカンとしていた。

「やっぱりここは天界なのよ、パパ」

「そうだな。俺もそう思えるようになってきた」

きららちゃんと日焼け止めを塗りながら、まだポカンとしたままだ。

俺や父さんたちは、自然と笑みが浮かぶ。

「じゃあ、行きましょうか」

その後は父さんの号令で、家族そろって家を出た。

留守の間は、お隣さん（エリザベス）が子猫を見てくれるというので、今日ばかりはお言葉に甘えることにした。

子猫に必要なグッズと心ばかりのお弁当を一緒に渡して、俺たちはエリザベスたちに見送られながら学校へ向かう。

ただ、幼稚園や小学校の運動会は、どこの家族にとっても一大イベントだ。大概祖父母も参加するので、車の乗り入れはできない。学校付近に止めることも禁止されている。

なので、我が家では父さんが毎回大量の飲食物と俺たちを車で送ってから、一度帰宅する。

そして、徒歩で再登校だ。

俺はこういう事態に直面すると、「ああ、免許を取りに行かなきゃ」と、また思い出す。

このままだと、父さんにばかり負担をかけてしまうから、やっぱり俺も頑張らなきゃ！

営業仕事でも使うものだし、最低でも年内には教習場の目処《めど》をつけたいところだ。

双葉の受験のこともあるし、うまく調整しないとな。

「それじゃあ、寧。みんなを頼むね」

「うん。場所決めたらメールするからね」

片道二キロ弱の移動を終えて、俺たちは小学校に到着した。

もともと小高い丘があった場所を整えて作られた小学校には、サッカーグラウンドがすっぽり入る運動場があり、一周200メートルのランニングコースも作られている。

その外周の敷地にもゆとりがあって、体育館や校舎は階段でいうと二十段ぐらい上の土地に造られているので、コース前に場所を取れなかった見学者は、上の段から見下ろす形でシートを広げている。

早朝から場所取りに並んでいる家庭も多いことから、すでに満員御礼だ。

中にはテーブルセットにパラソルなんて家も多いから、パッと見、海水浴場みたいだ。

都心から引っ越してきたばかりのときは、この光景にびっくりしたことを覚えている。

「――――で、どうする寧兄。どうせ種目別で観に行くときには立ち見で場所を変えるし、ビデオポイントは充功にお任せだから、体育館の中か日陰にでも場所取りしておく?」

俺は片手に七生を抱いて、もう片手にはきららちゃんと武蔵の二人を連れていた。

代わりに大量の飲食物と撮影機材は、双葉と充功と鷹崎部長が分担してくれた。

「そうだな。七生や武蔵、きららちゃん。あと、お弁当のことを考えたら、全競技見る訳じゃないから、少しでも涼しいところのほうがいいもんな」

運動会の日は、体育館も開放されている。

俺たちはその場から、体育館へと移動した。

いろんなことが初めてだからか、鷹崎部長は何か疑問に思うと、隣を歩く充功に聞いているようだが、俺どころか誰の目から見ても、親戚関係にしか見えない姿だ。

「あ、寧くん！　うち、テントの隣の最前列に大きめのスペースを取ってあるから、弟くんたちの競技の時には使って」

「ちなみにテントの反対側はうちね！　遠慮しないで、弟さんたちと座りに来てね。義母たちも楽しみに待ってるから！」

ぞろぞろ歩いていると、腕に腕章《わんしょう》を巻いた役員さんたちが声かけてくれた。

士郎と樹季の同級生のお母さんだ。

「すみません！」

「ありがとうございます」

双葉とそろってお礼を言うと、鷹崎部長が感心したように溜息を漏らす。

「どこへ行っても兎田家は人気者だな」

「そんなことないですよ。周りに恵まれただけです。土地柄もあるんでしょうけど、気遣いのある人たちばかりで」

「そうか」

優しく笑ってくれた。

鷹崎部長、少しは場の雰囲気に慣れてきたのかな？

俺もニコリと笑い返して、シートを敷く場所を決めた。

体育館の中はすでに満員だったので、体育館脇の日陰に大きめのブルーシートを広げて、早速父さんにメールを送った。

ここからでもグラウンド全体が見下ろせるから、遅く来た割にはラッキーだ。

「寧。撮影競技の確認させて」

荷物を置いて一段落すると、充功がスマートフォンを片手に聞いてきた。

俺は保護者用のプログラムを取り出し、チェックしている場所を読み上げる。

「えっとね。午前中が開会式に全校生徒の準備体操。九時半から樹季のレッツダンス！にゃんにゃん・ソード。十時から士郎の１００メートル走。あとは低学年色別対抗リレーで昼食タイム。で、午後一《いち》で保護者の二人三脚と幼児のくじ引きかけっこ。二時から樹季の50メートル走に士郎の騎馬戦・戦国武将が続く。三時に高学年色別対抗リレーで、閉会式が三時半ごろかな」

「やっぱり二人とも選抜はなしか」

詳細を聞きながら、充功がニヤッと笑った。

「そこは突っ込むな。うちから選抜選手になったことがあるのは双葉と充功だけだ」

「あれ？　寧兄は？　選抜アンカーとかやってたじゃん」

俺が真顔で返すと、なぜか双葉が不思議そうな顔をした。

「記憶違いだよ。俺は補欠《ほけつ》エントリー止まりで、本番で走ったことは一度もない」

「そうだっけ⁉」

「そう。だから、士郎と樹季が鈍《にぶ》いのは、優しい目で見てくれ」

「ぷっ！」

後ろで聞いていた鷹崎部長が吹きだした。

俺が鈍いのが受けたのか、それとも双葉の勘違いっぷりがツボったのか。

いずれにしても、やっとリラックスできたみたいだ。

「いや、失礼。なんか、いいなあと思って」

「痘痕《あばた》も靨《えくぼ》ってやつですか？」

「充功！」

調子のいい突っ込みにみんなで笑ったところで、充功がスマートフォンをパーカーのポケットにしまった。

代わりにフル充電済みのビデオカメラを手にする。

「とりあえず、スタンバイするから、あとは昼にな！」

「ああ。気をつけろよ。欲張って、変なところに上るんじゃないぞ」

「へーい」

いつの頃から、我が家の撮影担当は充功になっていた。

絶妙なポイントから綺麗に撮ってくれるので、こっちも大助かりだ。

俺がはしゃいで撮っていた頃は、途中で転んで肝心なところが地面や空になっているパターンが三割ぐらいある。

肝心な双葉と充功の活躍がすっぽり抜けていて、今思うと申し訳ない限りだ。

怒るどころか、大笑いして受けてくれた二人の寛大さには、感謝が絶えない。

「すげえなぁ。開会前からこの騒ぎか。核家族では見ない光景だな」

「お待たせ」

充功と入れ違うように現れたのは、鷲塚さんと父さんだった。

一度家に戻ったところか、校門前で一緒になったのかな？

「これ、差し入れ」

鷲塚さんが、透明なビニール製の手提げに入ったクッキーやスナックなどのお菓子を、差し出してきた。

七生と武蔵ときららちゃんの目がキランっとする。中身が見えるから尚更だ。

それにしたって鷲塚さんは、本当にいつも気遣いのある人だ。

さらっと現れてるけど、自宅からここまで車で一時間以上はかかるのに。

「わ！　こんなにたくさん。いつもありがとうございます。そういえば、車はどうしたんですか？　うちの裏の空き地に駐められましたか？」

「いや。エリザベス側のお隣さん家に置かせてもらったよ。実は、寧のところに釣った魚を持ってくるときに、一緒にお裾分けしてたんだ。そしたら、うちの駐車場はガラ空きだから、いつでも駐めていいよって言ってくれてさ」

「そうだったんですか。いつの間に」

「たまにおばあちゃんの世間話に付き合ったり、おじいちゃんの将棋相手もしてたりして」

「鷲塚さんらしいですね」

俺たちが話をしている間も、ちびっ子たちの視線は袋の中のお菓子に釘付けだ。

すると、またもや七生がそろっと手を伸ばして、

「だめだよ。七生」

これは双葉に阻止された。

「ぷーっ。たまももーろっ」

「はいはい。あとでな」

「ふっちゃ～っ」

「あとでな」

どうやら中には、七生が好きな玉子ボーロも入ってたみたいだが、双葉に軽くあしらわれて、ぷーぷーだ。

そのくせ、抱っこされると両手を首に回して、双葉の耳元に顔を寄せる。

「た・ま・も・もー・ろー」

「あ・と・でー」

ひそひそと交渉するも、ひそひそと却下。

見ているほうが吹きだしてしまって、七生もぷーぷーしたまま諦める。

「ひっちゃ、抱っこぉ」

「はいはい」

これは我慢の代償《だいしょう》抱っこだな。

しかし、そうすると今度は俺のほうが双葉にぷーぷーされる。

「この寧兄っ子が」

「ぶっ。一番年季の入った寧っ子が何言ってるんだか」

「鷲塚さん！」

思いがけないところで突っ込まれてか、双葉も相当照れくさそうだ。

まあ、そう言われたらそうかもしれないけどね。

〝兄ちゃ。抱っこ。ぎゅーって〟

〝うん。双葉可愛いね。ぎゅっー〟

〝ふた、兄ちゃ、すっきーっ〟

『うん。双葉も相当可愛かったな。それを言ったら、充功も士郎も樹季も武蔵も、みーんな可愛かったけど』

――なんて思い出していると、校舎のほうから花火が上がった。

「そろそろみたいだね。開会式」

「うん。観に行こう」

やっぱり少しでも近くで見たくて、俺たちはそろってグラウンドに寄っていった。

結局鷲塚さんが武蔵を、鷹崎部長がきららちゃんを肩車して、全校生徒の中から士郎と樹季を探し出すことになった。

小学校は一クラス三十名前後で三クラス。各学年、だいたい同じぐらいの生徒がいた。

なので、ここでは一学年ごとにクラス単位でくじ引きをして、赤・白・青組に別れたチーム戦になっている。

毎年、必ずしも兄弟が同じ色になるわけではないが、今年は士郎も樹季も白組だ。

こうなると、俄然家族も白組の応援に熱が入る。

プログラムを眺める俺と双葉は、特に真剣そのものだ。

今日ばかりは鷹崎部長と鷲塚さんを、父さんに任せてしまっている。

「寧兄。にゃんにゃん・ソードって、どんなダンス？」

「確か女の子が猫耳つけてにゃんにゃんエンジェルズの曲で、男の子が剣を持ってバトルソードの曲でダンスするって聞いた気がするよ」

「にゃんにゃんエンジェルズ！」

「バトルソード！」

にゃんにゃんとバトルと聞いて、武蔵ときららちゃんが俺と双葉にしがみついてきた。

ちなみに〝バトルソード〟は、武蔵や樹季が開封を楽しみに買っている〝バトルカードチョコ〟のカードゲームの正式名称で、いつか俺が武蔵に定期を抜かれた代わりにレアカードをプレゼントされていたアレだ。

まだテレビアニメにはなっていないが、カードに付いているバーコードデータによって、オンラインゲームも楽しめることから、イメージソングが何曲もある。

なので、樹季が踊るのは、これらの曲だ。

「流行《はや》り物は確実に押さえてくるよね。こういうところでも」

双葉が感心すると同時に、運動場にはにゃんにゃんの曲が流れた。

入場ゲートから猫耳を付けて体操着の上から色とりどりのミニスカートをはいた女の子たちが、ポンポンを持って元気よく出てくる。

スカートには尻尾も付いていて、みんな可愛い。

きららちゃんは大はしゃぎだ。

「わーいっ！　エンジェルズカラーが全部そろってる！　真ん中が白猫ちゃんだ！」

しかし、

「あれ？　寧兄。女の子のセンターで踊ってるのって、樹季じゃない？」

目をこらした双葉が、突然俺の肩を掴んできた。

「え？」

「本当だ！　樹季くんだ!!　白猫のにゃん子ちゃんだ！　可愛いーっ」

「うあ、寧！　あっちで充功くんが木から落ちかけてるぞ！」

「ええっ!?」

「本当だ。ひとちゃん、みっちゃんがやばいよ!」

 鷲塚さんに指をさされて、見ると確かに充功が撮影ポイントに選んだであろう大木の枝からずり落ちかけていた。

 それぐらい、樹季のにゃんにゃんコスプレダンスが衝撃的だったのだろう。

 だが、すぐに気づいた保護者たちからは、なぜか「樹季くん可愛いーっ」と大歓声が上がってしまう。むしろ大盛り上がりになっている。

 そうして曲が、バトルソードに切り替わっていく。

 今度は段ボールのお手製剣を持った男の子たちが走ってくる。

「うわっ! 樹季が早着替えして、ポンポンを剣に持ち替えたっ!」

「樹季が…。あの、まったりで控えめな樹季がむちゃくちゃ動いて、二曲も続けて踊ってる! 嘘みたいに頑張ってる! っか、嘘だろうっっっ」

「いっちゃー」

「いっちゃん、すげーっ」

「樹季くん、かっこいいよーっ」

 はしゃぐ七生や武蔵、きららちゃんを抱えて、唖然とする俺と父さんと鷹崎部長。

テンションが上がりまくった鷲塚さんと双葉は、完全に興奮状態だ。

充功もどうにか姿勢を直して、大木の枝からビデオカメラを回している。

「それにしても、どうなってるんだろう？　演出なのかな？」

しかし、これが演目終了後にプチ騒動を起こした。

「うわぁぁぁんっ。うわぁぁぁんっ」

拍手喝采《かっさい》で踊り終えると、樹季は俺たちのところへ駆けてきて、父さんにしがみついてギャン泣きしたからだ。

「ごめんね、樹季くん」

「泣かないで、樹季くん。とっても上手だったよ」

慌ててあとを追いかけてきた担任の先生と女の子たちの説明によれば、今日になって急に欠席者が出た。それもダンスの中心になるセンターの白猫ちゃん役の子だ。

それでその穴埋めに、急遽《きゅうきょ》踊りを知っていた樹季が頑張ることになったらしいが、

「そうだよ。樹季くんのにゃんにゃんが一番可愛かったよ。超美少女だったよ」

「ひっく…っ――――うわぁぁぁんっ」

褒められれば褒められるほど、樹季はギャン泣きした。

樹季なりに〝男のプライド〟みたいなものが育っていたようだ。

った樹季。

「これぞ無邪気のなせる技だな」

「フォローすればするほど、傷口に塩ですね」

これまで男家族の中だし、甘ったれで女の子みたいに可愛くて、内気で引っ込み思案だった樹季。

しかし、きららちゃんという妹みたいな子が現れたことで、これまで以上にお兄ちゃん意識だけでなく、男の子意識も育ったのかもしれない。

どんなに、にゃんにゃんアップリケのエプロンには抵抗がなくても、にゃんにゃんコスプレでミニスカートは別ってことだろう。

泣いてる樹季には気の毒だけど、俺としたらはっきりとした成長が見られて、かなり嬉しくなった。これで女装に目覚められるよりは、安心だ。

「いたいた、樹季！」

「お前すごいな。いきなりやれって言われたのに、ちゃんとできるなんて、よっぽどにゃんにゃんが好きだったんだな～。本当の女の子みたーい！」

ただ、同級生の男の子たちにまでからかわれてしまうと、さすがに立場がない。

些細《ささい》なことがきっかけになって、いじめが起こることもあるし――――。

「うっっっ…。うわぁぁぁんっ」

「意地悪言わないでよ！」

「そうよ!!　急に沙也夏《さやか》ちゃんがお休みしたからこうなったんだよ！　樹季くんが代わりをしてくれなかったら、綺麗なフォーメーションができなかったんだよ」

このままじゃ、せっかくの運動会なのに、男の子と女の子で争いが起こりそうだ。

そんな心配まで起こったところで、更に大柄な男の子が寄ってきた。

「そうだよ。樹季すごいじゃん。うちにも妹がいるから、あれなら踊れるけど、俺には〝代わりにやります〟なんて言えなかったぞ。やっぱ、恥ずかしいもん。なのに、樹季は女の子たちが困ってるからって、頑張ったんだ。すっげぇ男らしいじゃん」

「夢叶《ゆうと》くん」

「なあ、樹季。でも、バトルソードのほうが上手かったし、かっこよかったぞ」

「あ、ありがと」

樹季を庇《かば》ってくれたのは、同じクラス内でも、やんちゃで元気な夢叶くんだった。

どちらかと言えば、樹季とは正反対なタイプで、こうしてはっきり物が言える子だ。

正義感も強くて、家で言うなら武蔵が似てるタイプかもしれない。

「ちぇっ！　そんなのわかってるよ！　ちょっと言ってみただけだろう」

「そうだよ。樹季が女みたいに可愛いのは、嘘じゃないし！　ってか、学校で一番可愛いのは樹季だよなって、夢叶だって言ってたじゃないか！」

「馬鹿っ。バラすなよ！」

しかし、今日ばかりは、その正義感が徒《あだ》になってしまった。

「――――ううぅっ。うわぁぁぁんっ」

みんな悪気がないのはわかるし、むしろ好意的だと思う。

けど、今の樹季にとっては、追い打ちをかけられるだけだ。これぱかりは、父さんも黙って樹季の頭を撫でるしかない。

「に、二年生ぐらいでも、けっこう人間関係が複雑なんだな」

さすがに幼稚園では、まだ見ない光景かな？

鷹崎部長が複雑そうな顔をしていた。

「はい。しばらく樹季に〝可愛い〟は禁句ってことでお願いします」

「わかった」

その後、樹季は疲れて泣き止んだ。

みんなに両手を引かれて、背中も押されて、自分の席に戻っていく。

『樹季。今日だけは、夕飯も野菜抜きにしてやるから頑張れよ』

しかし、ここで時間は止まらない。

すぐに士郎の学年の競技がやってきた。

運動会の定番〝クシコス・ポスト〟が流れて、ピストルの音が次々と響く。

赤白青で二名ずつの合計六名が、次々と100メートルを走り始めた。

上位から三位までが高いポイントが入ることになっている。

「あ、士郎の番だ」

「しっちゃー」

よーいドン！　で、一斉にスタート。

「転ぶなよぉ。もう、転んで頭さえ打たなきゃ、それでいいぞ！」

「双葉！　お前まで充功みたいなこと…って、誰⁉　ダントツに速い！」

普段なら弟意外は目に入らない俺だが、今日は違った。

六年生が混ざってるのかと思うぐらいに速い子がいたからだ。

あっという間に他の子たちは置き去りにされる。

「ハチマキが赤の子？　スタイルも顔もいいね。超モテそうだけど、覚えがないな」

「去年隣町から越してきた、飛鳥龍馬《あすかりようま》くんじゃないかな。確か、地元のサッカークラブのジュニアチームで、エースストライカーだって聞いたよ。お父さんがすごく熱心で、ＰＴＡ役員もやってるんだ」

飛び抜けて速い男の子の正体は、サッカー少年だった。

自分のアニメの膨大なキャラ設定だけで頭がいっぱいの父さんが覚えているぐらいだから、父兄の間でも有名な親子なんだろう。

「へー。意外と一校に一人や二人は、こういうヒーロータイプっているんですね。ねぇ、鷹崎部長」

「そうだな」

鷲塚さんや鷹崎部長も感心していた。

「何言ってるの、パパ！　士郎くんのがすごいもん。かっこいいもん！」

「え!?」

もっとも、恋する乙女なきららちゃんには、関係ないらしいが——。

「がんばってーっ！　士郎くんっ」

「しっちゃーっ」

「しろちゃん、がんばれー」

七生や武蔵にしても、身内贔屓《びいき》だ。やっぱりお兄ちゃんがヒーローだ。

当の士郎も、みんなからはかなり遅れてゴールだが、気にした様子もない。

「まあ。そうは言っても、やっぱり士郎くん以上のヒーローはなかなか…あ、転んだ！」

「眼鏡が飛んだ！」

「士郎くんっ！」

最後の最後に躓《つまず》き、盛大なスライディングで頭からゴールしてしまったが、士郎は無言で立ち上がると体操着の砂埃《すなほこり》を払う。

飛んだ眼鏡は龍馬くんが拾ってくれて、それを受け取りながら乱れた髪をかき上げる余裕さえ見せる。

「きゃー！　士郎くぅううんっ」

「美形よ美形！　超クールビューティーボーイっっっ」

ゴール付近では、樹季の時とは若干違うが、女の子やお母さんたちが大盛り上がりしていた。当然きららちゃんも「きゃー」だ。

そして、なぜか鷲塚さんや鷹崎部長までテンションが上がっていて、

「うわ～ぁ。初めて見たけど、やっぱり兎田家の四男だわ。普段は賢い方が目立ってるけど、素顔はクールインテリ系のガチ美少年だ。士郎くん、ルックスだけでも一生食《く》うに困らないですよね。鷹崎部長」

「本当にな…。いろんな意味で、彼には敵わないよ」

しばらく二人は感心しきりだった。

俺は、それでも転んだ士郎に怪我がないようなので、笑ってすませることができた。

昼前の低学年色別対抗リレーのときには樹季もすっかり笑顔になっていたので、安堵して午前の部を終えられた。

3

昼休みに入ると俺たちは、士郎と樹季を待ちながら体育館脇のブルーシートに戻った。

「お手洗いに行くけど、武蔵やきららちゃんは大丈夫？」

「行く！」

「私もー」

「あ、なら俺も行きます」

「では、ご一緒に」

父さんと鷹崎部長がちびっ子二人をトイレに連れて行ったので、残った俺と双葉でお弁当や飲み物を広げ始める。

鷲塚さんと七生はそれを見てウキウキしている。なんだか、反応が似ていて面白い。

「うわっ！　大量。本当、宴会料理みたいだな。美味《うま》そう」

「でしょでしょ。俺も朝から寧兄と一緒に奮闘したんですよ」

「ひっちゃ。たまももーろっ」

「それはご飯のあとだよ。それより、はい。麦茶。喉渇いただろう」

「あ、ちゃっちゃ」

そこへ見覚えのある女性二人が、赤ちゃん連れでやってきた。

「こんにちは。私たちも、お隣にいいかしら?」

「あ、羽布《はぶ》のお母さんにお義姉《ねえ》さん。どうぞどうぞ。うちのシート大きいですから、一緒に座ってくださいよ」

「本当? ありがとう。でも、あとでお父さんもくるんだけど、平気?」

「大丈夫です。さ、どうぞ」

品のある年配の女性は、俺の同級生で現在イギリスに留学中の羽布のお母さん。

そして、赤ちゃんを抱いた二十代後半の女性は、羽布のお兄さん（三兄弟の長男）のお嫁さんで、確か長男くんは一年生だ。

今年に入って、次男が生まれたと聞いていたから、それがこの赤ちゃんなんだろうけど、よく考えたら羽布の奴、俺より先に叔父さんじゃん。

年の離れた兄弟が上にいると、こんな感じなのかな?

なんにしても、ますます賑《にぎ》やかだ。お母さんたちと鷲塚さんも軽く会釈し合った。

「お邪魔しま～す」

「この前は大変だったわね、双葉くん。みんな落ち着いてよかったわ」

ただ、こうして鷲塚さんや、じきに戻ってくる鷹崎部長がいるのに、俺が快《こころよ》く「どうぞ」と言ったのには訳があった。

双葉が「同級生を妊娠させた！」なんて嘘を週刊誌に書かれて大騒ぎになったとき、羽布のお父さん（国会議員）や長男さん（お父さんの秘書）には、ものすごくお世話になったからだ。

「おかげさまで。あの時はお父さんやお兄さんにご配慮《はいりょ》いただいて、助かりました」

「本当にすみませんでした！　お手数をおかけして、ごめんなさい」

うちの兄弟は、下手に顔が知れているので、週刊誌の余波で充功や士郎、樹季が騒ぎに巻き込まれないか心配だった。

それもあって、俺が「助けて」とあちらこちらの知り合いにメールしてしまったんだが、それを受け取った長男さんが、お父さん共々すぐに動いてくれた。

最初に地元の教育委員会に連絡し、中学や小学校で騒ぎにならないように根回ししてくれて。そのおかげで先生たちのフットワークも軽くて、保護者への連絡も迅速だったから、記事が完全なデマだと知れ渡るのがものすごく早かった。

むしろ、普段仲良くしているお友達やその家族がデマに怒ってしまって、

「何言ってるのよ！　お礼もお詫《わ》びも水くさいわよ。我が子同然、弟同然の寧くんたちのピンチに、うちの男どもが何もしないわけないでしょう。私たち女だって、頑張っちゃうわよ。ねぇ」

「もちろんですよ、お義母さん。出版社へのクレーム電話のときは、最高に盛り上がりもしたよね」

こういう状況になった家庭が、学区内だけでも相当数発生したらしい。

そりゃ、出版社も早々に謝罪文を出すよな。

「ぶっう」

「ん？」

お母さんたちと話していたためか、赤ちゃんが興味深げに俺に手を伸ばしてきた。

一歳前の子を間近で見るのは久しぶりだ。全身に丸みがあって、つぶらな瞳が可愛い。

小さな手なんか、グーにしてもパーにしても、とにかく可愛い。

羽布の家が美男美女だらけだけに、この子も相当な美男くんだ。

「赤ちゃん、大きくなりましたね。今、何ヶ月でしたっけ？」

「十ヶ月に入ったところよ。あ、ビデオ撮りたいから、抱っこしてもらってもいいかな？」

「もちろんです。さ、おいで。来れるかな？」

「あぅ〜」

俺はウキウキしながら赤ちゃんを抱っこした。が、同時に腕を掴まれる。

「やーよっ！」

七生が麦茶の入ったストローマグを片手に、怒っていた。

「あれ〜。七生がぷーぷーだ」

「赤ちゃんにやきもち焼いてるのかな？」

その様子に、双葉は七生をからかい、鷲塚さんは不思議そうな顔をした。

七生はますます俺にしがみついて腕を揺らすので、赤ちゃんも不安そうだ。

「ひっちゃ、なっちゃの！」

「そう言わず、ちゃんと見てみなよ。七生もちょっと前までは、こんなに小さかったんだよ。ほらっ、可愛いよぉ〜」

俺は抱いていた赤ちゃんの顔を、七生の目線に合わせてやった。

すると、これってきっと本能（特に下の子）なんだろうな。赤ちゃんは七生に向かってニッコーって笑った。「あうあう」しながら、七生に両手を差し出した。

これには七生もノックダウンだ。一瞬にして、ぷーたれていたのが、エリザベスとエルマーちゃんの子犬を初めて見たときのような、感動的な顔になる。

「わっ。あっかちぃ～」

「ちゃぁーっ」

赤ちゃんは、七生が嬉しそうに手を出したら、更に大喜びした。

身体を揺すって、きゃーきゃーし始める。

「かーいー」

あっという間に二人は仲良くなり、小さな手と手で握手。

「すごーい。うちの子、小さい子は苦手なのに。寧くんたちの兄弟って、神レベルの子守するよね。七生くんまでとは、恐れ入ったわ」

赤ちゃんと七生のツーショットが上手く撮れているのか、お義姉さんも大はしゃぎだ。

自然にみんなが笑顔になっているせいか、赤ちゃんも俺の腕の中で大興奮。俺の膝の上でお尻をパッフンパッフンさせて、両足に力を入れている。

「あれぇ？　立っちしたいのかな？」

これぐらいの時期は、ハイハイやつかまり立ちに加えて、つたい歩きもする。

俺は脇の下を支える形で、赤ちゃんの好きにさせてみた。

「うーっ。うーっ」

「上手上手。ほーら。立っちして♪　ポン！」

七生も自分でよくやっているけど、赤ちゃんは縦ノリ屈伸《くっしん》が好きな子が多い。

屈伸の合間に、立っちのまねごとをさせてあげると、かなりご満悦《まんえつ》だ。

「可愛いな。七生もちょっと前まで、これが得意だったよね」

「そうそう。足腰が強くてバネがある証拠だよ」

もう、みんなそろって和《なご》やかなんてものじゃない。

無言の鷲塚さんはデレデレだし、鷹崎部長や父さんたちも早く戻ってこないかな。

武蔵やきららちゃんも、見たら絶対に喜びそうだ。

「なっちゃもー」

「うーっ。うーっ」

とうとう七生まで、その場で屈伸し始めた。

「立っちして♪　ポン！」

「たっちてて♪　ぽんっ！」

「ふんっ」

すると、なんか赤ちゃんが自立した。俺が手から力を抜いても、ぴしっと立っている。

「あれ、もう立っちできたんだね」

「嘘！　こんなにしっかり立ったの初めてよ。ね、お義母《かあ》さん」

「うんうん。すごいわ！　すごいっ!!　ちゃんと撮って！」

双葉がさらっと発した言葉に、お母さんたちが歓喜《かんき》した。

それを聞いた俺は、背筋に冷や汗が走る。

「うわっ！　ごめんなさい。俺、なんてことしてるんだろう」

子供が初めて自分で立つなんて、家族にとっては一大事件だ。

それを赤の他人の俺が立たせちゃうなんて！

赤ちゃんは、十秒ぐらいで俺の膝に座ったけど、俺はワタワタする一方だ。

「とんでもない。おかげで一生に一度の瞬間をビデオに撮れたわよ。こんなタイミングでなかったら、ビデオなんて回してないだろうし。海外研修中の旦那にも送れるわ。ありがとう、寧くん。超嬉しい～っ」

お義姉さんが心から喜んでくれなかったら、立つ瀬も無いところだ。

「ぶー」

「あっかちー。ちゃっちゃ」

動いて喉が渇いたのか、赤ちゃんが手を出した。

七生がお兄さん気取りで、麦茶入りのストローマグを差し出す。

「さすがにそれは…、ひっ！」

まだ早いだろうと言いかけたら、俺のほうが氷水のようなものを後頭部から背中にかけられた。

「寧兄！」

一体何が起こったのかと思い振り返ると、ファーストフード系の紙コップを持った飛鳥
龍馬くんが呆然と立っている。

隣には四十代ぐらいで、けっこうガタイのいい、お父さんらしき人がいるから、はしゃいじゃったのかな？

どうやら俺が被った中身はウーロン茶っぽい。

赤ちゃんや七生、羽布さんたちにはかからなかったので、これでも被害は最小だ。

俺は、とにかくお義姉さんに赤ちゃんを戻した。

「あっ！　どうもすみません。だから、はしゃぐなって言っただろう」

「ひっちゃ！」

「タオル、タオル」

すぐに飛鳥さんと双葉が、手持ちのタオルで俺の頭や背中を拭いてくれた。

「あー、寧兄。これ、脱いじゃったほうが早いよ。父さんと鷹崎さんがシャツを重ね着し

てきたはずだから、戻ってきたら借りればいいじゃん」

「わかった」

うちはフェイスタオルどころか、七生用にバスタオルまで持参しているから、ここは問題ない。俺はこの場で濡れたTシャツを脱いで、バスタオルを肩から羽織った。

しかし、

「本当にすみませんでした。ほら、龍馬。行くぞ」

「ちょっと待ってください」

俺は、何度も頭を下げてから、この場を去ろうとした飛鳥親子に声をかけた。

その場から立ち上がって、すっかり萎縮《いしゅく》している龍馬くんの腕を掴む。

「ねえ、龍馬くん。これ、失敗したのは君だよね？　なら、まずは君が〝ごめんなさい〟だよね？」

「――――」

そう。俺がひっかかり、問題に感じたのはここだった。

多分、自分のほうがビックリして、言葉もないんだろうけど、それとこれは別だ。

「いやいや。もう、謝ったじゃないですか。悪気があってやったわけじゃないし……」

「すみません。俺は本人と話したいんです」

謝罪を誘導しない父親には、一番イラっとしていた。

いつになく語尾がきつくなっているので、俺は一呼吸してから龍馬くんに話を続ける。

「あのね。失敗したことは怒ってないよ。お兄ちゃんにも失敗はあるから。けど、間違えて人に迷惑かけちゃったら、ごめんなさいだよね？　龍馬くんだって嫌なことされて謝ってもらえなかったら、もっと嫌な思いをしちゃうでしょう」

「ご……、ごめんなさい」

ちょっとプルプルしていたけど、龍馬くんは俺の顔を見て、謝ってきた。

「うん。じゃあ、これからは気をつけて。怖がらせちゃってごめんね」

「……ん」

ぺこっと頭も下げて、ちょっと緊張が解けたかな？

顔を上げたときに、俺の笑顔を見たら、微笑を浮かべてくれた。

「あ、双葉。龍馬くんに麦茶を一本取って」

「ＯＫ」

俺は、双葉から半解凍された麦茶のペットボトルを受け取り、龍馬くんに差しだそうとした。

「謝らせた上に、今度はお礼の強要か。ちょっとＣＭに出たぐらいで、偉《えら》いもんだな」

不機嫌そうな飛鳥さんの声がして、俺のイライラがぶり返す。

「そんなつもりは…」

「なら、どんなつもりだ。これだから〝ゆとり〟は」

そこへ、まったく予期していなかった言葉で、トドメを刺された。

俺は、自分でも悪感情がはっきりと顔に出ているのがわかる。

「すみません。それはどういう意味でしょうか」

「――は？　口だけは達者で根拠のない自信に満ちてる君みたいな若いのを、〝ゆとり〟っていうんだろう」

ただ、この言いぐさには、俺以上に双葉がぶち切れた。

「なんだって！」

「よせ、双葉」

食ってかかったときには、両手が出ていて、俺は突差に双葉を押さえる。

穏やかかやで優しいひとときが、完全にぶっ飛んでしまった。

「行くぞ、龍馬」

「と…、父さんっ」

「待ってください」

完全にふてくされた飛鳥さんたちを呼び止めたのは、樹季を連れた士郎だった。

どこから見ていたのか、相当怒っている。

やばい。あれは何かスイッチが入っているときの顔だ！

「兎田くん」

「今度はなんなんだ」

「いえ、失礼を承知で言わせていただきますが…」

かけた眼鏡の縁《ふち》をツイと上げながら、この前置きをするのは宣戦布告だ。

士郎が本気でやらかすときの序章だ。

「確かに寧兄さんはゆとり世代です。次男の双葉兄さんなんか、可哀想なぐらいどっぷりゆとり教育で、おじさんの世代に比べたら、最大628時間も学習時間を減らされた世代です。ただ、だからといって、その世代の子供すべてを一緒くたにして、根拠もなく蔑《さげず》むのはどうなんでしょうか？　そもそも、ゆとり世代を生んで育てて、なおかつそれを日和《ひより》見《み》にしてきた大人の一人であるおじさんが、これ見よがしに言うことじゃないですよね？　こういう時代と社会背景を作ってきたのだって、少なくとも平成生まれの子供たちじゃありませんしね」

ああ！　やっぱり。

士郎のマシンガントーク、それも説教入りが始まった!!

「士ろ…んぐ!」

俺は慌てて止めに入ろうとしたが、今度は双葉に押さえられて、口を塞がれた。

双葉は、ここで士郎を放つことで、飛鳥さんへの仕返しに走ったようだ。

「なんだと!」

「それに、日教組が提起した〝ゆとりと充実ある週五日制の学習〟って、裏を返せば日本の社会全体が週休二日に移行するためでもありましたよね? 子供が両親共々家庭で過ごす時間を増やして、欧米並みのバケーションやコミュニケーションをとれるようにしましょうっていうのも、提起目的の中には入っていたはずです。でも、これってそもそも週休二日を有効活用できるだけの所得家庭でなければ、子供は放置されるだけです。そうでなくても二十四時間営業や土日出勤が当たり前のサービス業種が増えて、バブル崩壊以後の共働きは急増するばかり。平均的な一般家庭が、経済的に貧困化していく中で、公立の義務教員の時間まで削られたら、普通に考えてもお手上げじゃないですか。削られた学習時間を塾や私立校で補《おぎな》える子との差は開くばかりです。でも、それでも中には夢や希望を持って、自力で頑張る子供はいるんですよ。頑張り方がわからないだけで、本当は頑張りたい子だって、たくさんいるはずなんです。それを、ひとまとめに〝これだからゆとりは〟

って言われたら、もとも子もないじゃないですか。むしろ、そういう意見や態度が、子供からやる気を奪ってしまうんだって、いい加減に気づけませんかね？　自分だって子供だった時代はあるはずなのに！」

こうなったら、一を言えば十どころか、百が帰ってくる。

飛鳥さんはたった一言返したがために士郎の怒り――――おそらく以前から持っていたであろう〝ゆとり教育〟やら〝放置子問題〟に関しての不満込みのトークを炸裂《さくれつ》された。

これはもう、マシンガンどころかランチャー砲弾の雨だ。

「――――」

すでに、飛鳥さんは撃沈《げきちん》させられている。

しかし、これで許してくれないのが、士郎だ。

ハッピーレストランの本郷常務たちを唸《うな》らせ、食育フェアーまで開催させた、痛いところ突きまくりのレポートを作成する小学生の正体だ。

「あと、たまに大人たちから〝こんなことも知らないのか〟って言われるんですが、本当に〝それは学校では習ってません。よかったら教えていただけますか？〟ってことが結構あります。大人になればなるほど、必要な知識や経験をするための授業が削られていたってことに気付くことも多いはずです。特に五科目以外の分野。受験に関係のない科目だって、本当は生きるため、生活を豊かにするためには、必要なことが多いですしね」

士郎は唖然としている俺たちを余所《よそ》に、ドラマの脚本を読むように饒舌《じょうぜつ》に語り続けた。

一度も噛んでいないところが、ある意味すごい。

「そして、忘れてほしくないのは、僕たちが学ぶ社会・政治経済・歴史もろもろは、おじさんたちが学生やめてからも増え続けて更新されているってことです。新しく覚えなきゃいけないことが増えるから、これまで教えられてきたはずの何かがどこかで削られている。その上、授業時間は短縮です。それ以外は塾や家庭でお願いしますって状況こそが、格差社会を生み、そして広げていくと思いませんか？　でも、これがゆとり教育の現実です。だから、廃止されたんです。所詮は〝授業内の手計算においては、円周率を3として計算してもいい〟なんて、世間に誤解と曲解を与えるようなことを言い出した大人と、それを真《ま》に受けて〝これからは円周率が3になるらしいぞ〟とか勘違いした大人が生んだ結果です。そう、これだけは言わせていただきますが、ゆとり世代だって円周率が無理数で、一般的には3・14計算だってことは知ってます」

いや、円周率はまだ小学四年生では習わないだろう。小学五年生の算数だ。

龍馬くんなんか、まったく話についてこれなくて、オロオロしているし…。

あーもー、士郎っ!!　ってか、双葉。いい加減に俺を放せっっっ!!

「ちなみに、うちは長男から三男までがゆとり世代で、四男の僕も片足を突っ込んでます。でも、必要最低限の挨拶と他人への思いやりは家庭の中で教えられました。少なくともうちには、挨拶ができない、想像だけで他人を貶めるような発言をする者はいません。特に〝ありがとう〟と〝ごめんなさい〟なら、園児や一歳前でも言いますからね」

そうして士郎のトークは、いやみったらしい笑顔で締めくくられた。

ようやく拘束を解かれた俺の背後では、羽布さんたちが溜息を漏らす。

「滅多打ちね。しかも、理《り》に適《かな》ってるし」

「士郎くん。うちのお父さんたちより、絶対に演説上手いわ〜。もう、総理大臣目指してほしいぐらいだわ」

いや、ここは注意してくれないと困るんだけど。

いつの間にか充功や鷹崎部長たちも戻ってきてるし、もう最悪だ。

「ふん。ざまあみろ。寧兄に喧嘩《けんか》なんか売るからだ。そうでなくても、何かあれば〝ゆとりゆとり〟って言われて、さんざん嫌な思いさせられてきてるのに」

「ってかさ。普通に見ればわかるだろうにな。うちにゆとりなんかあるわけねーじゃん。何言ってるんだろう、このおっさん」

双葉と充功はこの言いぐさだし。

「どう考えたって、正論しか言ってない寧に絡んだあのおっさんが悪いですよ。特にゆとりで因縁《いんねん》つけられるのは、一番腹立たしい。俺も途中から授業数を切り替えられて、ゆとり先陣を切った口ですから、もっとやっちまえ士郎くん！　って気分です」

「おいおい、鷲塚」

「俺だって円周率が3じゃないことぐらい知ってますよ。なのに、入社してすぐに先輩たちに言われた言葉が、お前も円周率は3の口《くち》か？　ですよ。あり得ないでしょう」

「わかったから、落ち着け」

「ふんっ!!」

鷲塚さんまで、鷹崎部長相手に、この状態だ。

俺が思う以上に、〝ゆとり〟の一言は、ゆとり世代には地雷だったということだ。

まあ、わからないでもないぐらい、俺もいろんな場面で言われてきたけどさ。

「士郎。言い過ぎだよ。飛鳥さんに謝りなさい」

しかし、父さんだけは態度が違った。

「父さん」

「申し訳ありませんでした。せっかくの日だというのに、うちの子たちが嫌な思いをさせてしまって」

どこから見ていたのかはわからないけど、まずは自分から頭を下げた。

「先に寧に絡んだのは向こうだぜ」

「充功は黙って」

「…っ」

こういうときの父さん相手だと、充功でも黙る。そうなったら士郎だって同じだ。

「さ、士郎」

「どうもすみませんでした。ごめんなさい」

言うだけ言ってスッキリしたとは思えないが、士郎も頭を下げて謝った。

この場は父さんの顔を立てての謝罪だろう。その証拠に、士郎の両手がグーだ。

しかし、そんな士郎の肩を背後から叩いて、顔を上げさせたおじさんが現れた。

「いやいや、耳の痛い話だったよ。しかし、士郎くんの言うことはもっともだ。謝らなければいけないのは、私たち大人のほうだと思う。ねぇ、飛鳥さん」

「お義父《とう》さん」

「羽布議員！」

現役国会議員が現れた。

羽布の家は代々議員家系だが、義務教育だけは、あえて子供たちを公立の学校へ行かせている。

そして、時間に都合が付く限り、お父さんもこうして学校行事や町内行事に参加する。普段から地元を大事にしているからこそ、途切れることのない代議士家系だ。

選挙で圧勝し続けているのは、地元民からの熱い信頼のたまものだ。

「良策だと信じて進めたところで、意に沿わない結果が出てしまうことはある。だが、それは策を決め、進めた側の責任であって、それを受け止めるしかない子供たちの責任ではない。これに関しては、うちの息子たちにも散々言われたよ。特に寧くんとは仲のいい、同級の三男には」

「は、はい。まったくもって、もっともです」

飛鳥さんも羽布のお父さんの登場には、顔を引きつらせた。

士郎に撃沈させられたあとだけに、俺から見ても気の毒な光景だ。

もともとスポーツマンだったのかもしれないと思わせるぐらいガタイのいい男性なのに、すっかり肩が狭まっている。

心なしか、背中も丸い。

「飛鳥くん」

さすがにここまで来ると、士郎の両手の拳《こぶし》が開かれた。

「え？」

「いろいろ言い過ぎて、ごめん。それと、さっきは眼鏡をありがとう。あと、これ……」

「あいっ！　ちゃっちゃよぉ」

「――――え？」

自分だけでは謝りづらかったのか、七生にサポートしてもらっての仲直りだ。

俺もようやく、声がかけられる。

「ほら、さっきこぼしちゃった分だよ。今日は暑いし、ちゃんと水分補給しないとね」

「あ、ありがとう。兎田くん。赤ちゃんも、お兄さんも。本当にありがとう」

冷たい麦茶のペットボトルを渡したら、龍馬くんの顔が今日の空のように晴れた。

「お父さん！　ほら、兎田くんたちにもらったよ。赤ちゃん可愛いし、大きいお兄さんもすっごく優しいよ。これ、飲み終わったら宝物にしてもいい？　お父さんも大家族さん楽しそうでいいなって。せっかく同じ学校に通っているなら、仲良くしたいなって。ＣＭを見たときに、一緒に言ってくれたもんね！」

「……っ」

そうして、最後は我が子に追撃された飛鳥さん。

頬を真っ赤に染めて、なんだか言葉もなさそうだ。

「じゃあ、これからは士郎共々、樹季や俺たちとも仲良くしてね。そうだ。さっきの100メートル走、すごく早かったね。かっこよかったよ」

「うわぁ。ありがとう、お兄さん。ウーロン茶をかけちゃって、本当にごめんなさい。お兄さんたちがそろってるのを見つけたら、嬉しくなっちゃって…」

それではしゃいだ結果が、コップの中身をバシャッってことか。

原因が自分たちにあるのも、なんだかな。これもCM出演の余韻《よいん》なんだろうけど。

『…ん？』

不意に背後から俺の肩へ、シャツが掛けられた。

「兎田。これでよければ」

「あ…。すいません、部長。ありがとうございます」

すっかり頭から飛んでいたが、上半身は裸のままだった。

俺は、周りの目もあるので、慌てて羽織っていたバスタオルを部長に預けて、代わりに貸してもらったシャツを着させてもらった。

肩が落ちて、袖も裾も長くて、悲鳴が上がりそうな心境だ。

「パパのシャツ、ウリエル様には大きいのね」

「そうだね」

見たまま素直に発したきららちゃんの言葉に、ものの一秒で〝ゆとり騒動〟のことなんか吹き飛んでしまう。

『どうしよう。熱が出そうだ。双葉はクスクスしてるし…、企《たくら》んだな！』

父さんのシャツを借りるほうが、サイズだって近いのに。

俯《うつむ》く飛鳥さんより今の俺のほうが、真っ赤になっていそうだ。

「飛鳥さん。寧じゃないですが、これをご縁に、よろしくお願いしますね」

代わりにこの場を納めてくれたのは、やっぱり父さん。

「い、いえ……。本当にすみませんでした。言い訳にしかなりませんが、実は私も二年前から一人でこの子を育てているもので…。最近、疲れてイライラすることも多くなってきて…。目が行き届かないところがあると思いますが、家族でお付き合いしていただけたらありがたいです。龍馬のためにも、どうかよろしくお願いします」

ちょっと涙ぐんでしまった飛鳥さんが、改めて頭を下げる。

「父さんは俺のために離婚したんだ。母さんも仕事をしていたから、俺のサッカーのためにこれ以上の休日は潰せない。ましてやジュニアチームに入るために引っ越すなんて、職場から遠のくばかりで無理だ。進学塾のためならともかくって…。それが元で喧嘩になって…」

龍馬くんは、小さな声で俺や士郎に説明してきた。

「だから、せめて強くなりたい。父さんのためにもプロサッカー選手になりたいんだ」

『なんだ。そういう事情だったのか』

一生懸命育児をして、息子の夢を応援して。それでも家事に仕事となれば、疲れてイライラしても不思議はない。

そこを堪《こら》えて奮闘し続けてきたところで、俺があんな風に注意をしたから、自分の育児を否定されたような気持ちになったのかな？

龍馬くんは俺たちのことが気に入ってるみたいだから、その場を取り繕《つくろ》った結果が、あんな言葉に繋がってしまったのもあるだろうし。

「そうだったんですか。でしたらなおのこと、可愛い子供たちのためにも、お互い頑張らないといけませんね。一緒に頑張りましょう」

「は、はい」

なんだかんだで、もめ事のすべてが父さんによってリセットされた。

飛鳥さんも俺のほうを向くと、改めて頭を下げてくれる。

「本当に…、失礼なことを言ってしまって、申し訳ない」

「いえ、うちのほうこそ、俺も弟も言い過ぎてすみませんでした。あ、よろしかったら、みんなでお昼を一緒にどうですか？　どなたかとお約束がなければですが、お弁当もいっぱい作ってきてるので」

俺も、こうなったら夏のキャンプ再びだ。飛鳥さんと龍馬くんにスペースを作るように、双葉に目配せをしながらお昼を誘った。

「――――ありがとう。お言葉に甘えていいのかな？」

「もちろんです」

「ご縁ができて、よかったですな。育児で困ったときには、相談できますよ。特に兎田さんの家は、お兄ちゃん一人でも百人力ですからね」

「はい」

羽布のお父さんやお母さんたちも、ここはみんなでワイワイに乗じてくれた。

当然のことながら、俺たちのいる場所だけが、お花見の宴会場みたいになってきた。

気がついたら、通りすがりの顔見知りの親子が入り交じって、どうしてか立ち見!?　状態の人たちまで出没した。

――――あ、父さんが挨拶代わりに、お弁当を分けてたからだ。

ざっと数えたら、三、四十人は集まっていそうだ。

そんな中、

「ようは、あれか。龍馬くんは失敗相手が寧兄だったから、言葉も出ないぐらいに固まっちゃったってことか」

「子供はともかく、親父がツンデレすぎるだろう。まあ、育児疲れと言いつつ、運動会にちゃんと来て、サッカーだのＰＴＡ役員だのって頑張ってるんだから、涙ぐましいけどさ」

俺以上に憤慨していた双葉が落ち着いたこともあり、充功もさらっと水に流して、もりもりお弁当を食べていた。

士郎や樹季、武蔵やきららちゃんも、龍馬くんにサッカーの話を興味深く聞きながら、お弁当をぱくぱくしている。

そして、七生はすっかり赤ちゃんのお兄ちゃん気分で、ミルクを飲ませるお手伝い。自分だってまだ飲みたがるのに、今日だけは見守る側なのが可愛い！

鷹崎部長と鷲塚さんにいたっては、父さんたちと世間話に花を咲かせている。

飛鳥さんも打って変わったみたいに、表情が柔らかくなっていた。

「それにしても父さんは、また天然発揮《はっき》で父兄《ふけい》一人をタラしたね。まあ、年齢的には近いから、話も合うんだろうけど」

すっかり打ち解けている飛鳥さんを見ながら、双葉がやれやれとぼやいた。

「いや。士郎に謝らせたところで、ふるいにかけたと思うぜ。あそこで羽布のおじさんが入って、上手く和解にならなかったら、きっと一生能面みたいな笑顔でやり過ごすんじゃね？　俺に〝黙って〟って制したときの目が、ガチだったもんよ」

「え!?　そうだったのか」

充功にさらっと言われて、俺と双葉が身を乗り出す。

「だって父さんは、士郎の怒りが相手の失礼・無礼に比例してることぐらい知ってるよ。それに、本気で怒るときは自分でなくて、家族にそれを食らったときだってことも」

「あ、そうか」

「そう言われたら、そうだよな。むこうは寧兄に当たったつもりでも、士郎からみたら俺や充功までセットでやられたって思うもんな。自分もゆとりに片足とは言ってたけど、それを引いても丸ごと三人分だから、あの言いぐさになったわけか」

あのとき父さんは、充功だけに本心を覗かせたから、俺たちにはわからなかった。けど、充功の分析にはすごく説得力があり、俺も双葉も改めて胸を撫で下ろす。

「今頃気づくのもなんだけど、士郎のクールさって、父さん譲りだったのかもな」

「それでも士郎のほうが、小出しに怒る分、扱いやすいぜ」

「…ん。父さんだけは穏やかでいてほしい。誰も地雷を踏むなって思う」

俺たち三人は、お稲荷さんを頬張りながら、しみじみとうなずき合った。

「だって、あんなに笑顔で人を和《なご》ませることができる、とても優しい人なんだから」

最後は俺の言葉に二人が同意して、いつにも増して長く感じた昼休みは終わりを迎えた。

＊＊＊

再開の合図に、花火が上がった。

午後の部は保護者の二人三脚と幼児のくじ引きかけっこから始まる。

士郎たちは所定の場所へ戻り、残った俺たちも重箱を片付けた。

想定外の宴会化のためか、持参したお弁当はほとんどなくなった。残っているのは小ぶりの重箱に詰めてきた一人前で、隼坂くんの分だけだ。

ただ、これに関しては双葉に任せておけばいいかと判断。それより俺は、鷹崎部長のシャツが気になり、かなり使えない奴になっていた。

『どうしよう。これって彼シャツとかってやつなのかな？　借りた成り行きは正当だけど、俺の心と身体はやましくなる一方だ』

父さんのシャツならこんなことにはなっていないはずなのに。鷹崎部長のシャツは、ほのかな残り香さえ違っていて、場所側もわきまえず、惑わされそうになる。

本当！　これればかりは、俺を見るたびにクスッってする双葉が恨めしい。

そういう俺を見て、鷹崎部長がはにかむものだから、怒るに怒れないのも悩ましい。

「きらら！　くじ引きかけっこに行こう。くじ引きで当たったお菓子がもらえるんだぞ」

「うん！　行く。でも、七くんは？」

俺は意識を逸らそうと、あえてちびっ子たちに紛《まぎ》れようと決めた。

「じゃあ、七生は俺が付き添って出るよ」

「あいちゃ！」

「待った！　七生は父さんと参加。寧兄は鷹崎さんと二人三脚だろう」

「え？」

しかし、ここでも双葉が張り切った。

「俺も鷲塚さんと出るからさ～。ね、鷲塚さん」

「あ、そうだね。そうしようか！」

わ、わざとらしいっっっ。なんなんだよ、今日はもう！

鷲塚さんや充功どころか、父さんまで吹き出すのを堪えている。これじゃあ、士郎や樹季の競技に気が回らないじゃないか。

『あ。だからか』

いや、多分、間違いなく。それほど今日の俺が、鷹崎部長を蔑《ないがし》ろにしていたんだろう。

最初は一緒にノリノリでも、さすがに途中で「これはやばい」と、双葉も気がついた。

せめて意識の半分ぐらいは、同行してくれた鷹崎部長に向けないとっていう、警告込みかもしれない。

「うわっ、すごいっ。パパ！　ウリエル様と一等賞とってね」

「…あ、ああ」

そうはいっても、鷹崎部長もこれには若干「参った」顔だった。

シャツだけなら自分は貸すだけだけど、二人三脚となったら照れくさそうだ。

『公衆の面前で、部長と抱き合うなんて！』

考えすぎ、意識しすぎなのはわかっているけど、学生時代にも味わったことのないドキドキ感に、俺はますます顔が火照《ほて》ってきた。

みんなで入場ゲートに向かうも、足がもつれそうだ。

「ほら、こうなったら頑張ろう。足を出せ」

「…はい」

俺の右足と部長の左足が赤いハチマキで結ばれた日には、もうどうしていいのかわからない。こんなときにどうして赤い糸の赤なんだよ！　と、本当にどうでもいいことにまで反応してしまう。

それなのに、いざ身体を寄せ合ったら、

『部長。やっぱり背が高いな。でも、肩を組まずに腰に手を回し合ったら、なんか変かな？　付き合ってるってバレないかな？　でも、どうせなら勝ちたいよな。鷹崎部長が近所のおじさんたちに負けるのなんて、絶対にいやだもんな！』

俺のドキドキは途中でおかしな変換を起こして、負けん気に火が付いた。

「部長、１００メートル何秒台でした？」

「学生時代は十二秒台だったが、今は落ちてるだろうな」

「なら、ここはお互い、全力で走りましょう」

「ぷっ！　わかった」

俺のグルグル具合と、その終着点がおかしかったのか、鷹崎部長も笑いながら「よし。勝とう」って言ってくれた。

もともと負けず嫌いは、俺と一緒の鷹崎部長だ。スタートラインに立ったら、完全に顔つきが変わる。

「うわっ！　パパたち速い！」

「ひとちゃん、いいぞーっ」

結局俺は、勝負の間はゴールテープを切ることしか考えていなかった。

部長が合わせてくれたんだろうけど、一緒に走った六組の中では、ダントツのトップだった。

「やったーっ！」

「兎田。兎田」

しかし、全力を出しきって、変な色気もぶっ飛んだあと。何か焦った声で、鷹崎部長が俺の身体を揺すってきた。

「はい？」

「校門付近で顔つきが悪くなってるのって、隼坂くんじゃないのか？」

「え!?　あ！　本当だ。でも、どうして…」

するると、俺たちの後続グループでスタートした双葉たちがトップでゴールしてきた。

「はぁっ。鷲塚さん、やっぱり背が高いですね」

「そうかな？　双葉くんだって長身じゃない？　寧よりは高いよね」

「はい。俺のほうが二センチ高いです。でも、父さんのほうがまだ高いかな」

「へー。そうなんだ。双葉くんのほうが、高く見えるのにね」

「印象の違いかな？　でも、嬉しいや」

すぐに足のハチマキもほどかず、肩を組んだまま歩きながらしゃべっていた。

それも、超楽しそうにしてだ！

『馬鹿。気付け、双葉っ！　隼坂くんが怒って帰っちゃうぞ!!』

なんて思っている間に、隼坂くんはプイと顔を背けて校門から出て行ってしまった。

「あ、どうしましょう。部長」

「こ、これぱっかりはな。俺たちが追いかけても、かえって隼坂くんが気を遣うだろう」

「ですよね」

双葉は俺たちに気を回しすぎて、自分のことを忘れているようだ。

もちろん、俺がこんな風に考えてしまうのは余計なお世話で、双葉自身はもう、大学受験のことで恋は棚上げかもしれない。

ましてや一度は振った相手のことだ。双葉の中では特に親しい友達とか、このまま関係が続いたら親友になれるかな、とかって考えなのかもしれない。

何より今日だって、隼坂くん自身が声をかけられずに帰ってしまったわけだし。来ていたことに気づかなかったというだけで、双葉自身には非はないだろう。

「でも、あの調子だと、やっぱり鷲塚さんは兄貴分の一人に戻った感じですかね？　さすがに意識していたら、あの態度は取れないと思うので」

「鷲塚にその気が無いのも見てわかるしな」

「そうですよね」

その後すぐに、双葉の元には隼坂くんから、「今日は行けなくなった。ごめん」というメールが届いた。

双葉はそれを俺に教えてきて、かなり残念そうにしていたが、返事はメールではなく電話を選んでいた。

「そうか。やっぱりまだ、子犬たちやエルマーが心配だもんな。あ、せっかくだから、今から即行で弁当を持って行くよ。――――え？ 余《あま》りじゃないよ。最初から個別に用意して来たよ。当たり前じゃん」

すると、お弁当を分けて詰めてきたのが効を奏したらしい。

なんとなく双葉の顔つき、声色の変化から、隼坂くんの機嫌や対応がよくなっただろうことが伝わってくる。

「じゃあな」

そうして双葉は、「ちょっと行ってくるね」と言って、お弁当を届けに行った。

隼坂くんの家は隣町だが、双葉の早足なら往復でも十五分程度だ。樹季の番までには、十分間に合う。

「双葉も自分のこととなると、けっこう天然ですね」

「隼坂くんからしたら、強烈な飴《あめ》と鞭《むち》だけどな」

鷹崎部長とわかり合うも、まだまだ前途多難だ。

今日のことで、隼坂くんがまだ双葉を諦めきれていないこともわかったし――――。

『恋と受験か。いずれにしても、二人に悔《く》いが残らない形で、残りの高校生活を過ごせるといいな」

そうして樹季の競技が始まる前に、双葉は息を切らせて戻ってきた。

隼坂くんは喜んでお弁当を受け取ったそうだ。

「転ぶなよ、樹季っ！　転ばなければ、それでいいからな！」

「いっちゃーっ」

「やったー！　無事にゴールしたよ!!　よくやった、樹季！」

「いっちゃん、わーいっ!!」

たった50メートルの競争に、結局興奮しっぱなしの俺たちを、鷹崎部長や鷲塚さんは、ずっと優しい目で見てくれた。

そして、次は士郎たちの学年の騎馬戦だ。俺たちの年代から、いろいろ変わって、この手の競技がなくなった学校もあるらしいが、うちではある。

やっぱり騎馬戦とか棒倒しとか、この手の競技は応援側も盛り上がる。

「わ！　士郎くん上に乗ってるよ！　なんか持って一番目立ってるよ。かっこいい！」

「しろちゃん、がんばれー」

「しっちゃーっ」

三組の総当たり戦なので、男女それぞれ一クラスにつき二戦ずつで行われる。

士郎の姿を見つけたちびっ子たちのテンションは、ここへ来て最高潮だ。

「双葉。あれって一番ポイントが高い大将騎馬だよな？　ハチマキだけでなく、軍配持ってるし」

「うん。大将であり、作戦司令官だね。士郎のクラス、スタートから体勢が力業《ちからわざ》じゃない。騎馬と騎手の組み合わせも、相当考えて組まれてる気がする。攻防が上手いよ！」

ただ、今日になって士郎が大将と知った俺や双葉も、本日最高の興奮状態になった。

何せ、落馬時に危ないから眼鏡は外したんだろうけど、キリッとした素顔にハチマキをして、軍配を片手に号令を発している姿を見せられたら、兄馬鹿全開なんてものじゃない。

俺と双葉はお互いに腕をバシバシたたき合う。

「双葉！　士郎がかっこいいぞ！　やばいぞ!!　行けーとか言ったぞ」

「どうする、寧兄？　どうする!?　どうする!!　どうするよ!!」

誰も止められない状態だ。

父さんなんて、いつから持ってたんだろう。母さんの写真を向けて、半泣きしていた。

何より、大木の上でスタンバイしていた充功までが、ビデオを振り回して応援だ。

まったく撮影をしていない！

でも、そんなことはどうでもいい。みんなで記憶に焼き付ければいいだけだ!!

「あっ！　赤の大将は飛鳥くんだけど、即行でつぶされたな。あれって、先頭切って戦ってくれる大将でやられると、きついんだよな」

「うわ〜っ。白組圧勝だ。すげえや。無鉄砲なだけの十歳児でも、司令官が有能だと、戦国武将も真っ青な戦いっぷりになるもんですね。さすが士郎くんだ！　感動した!!」

鷹崎部長と鷲塚さんも、これまで以上に感心しきりだ。

でも、この異常なテンションは俺たちだけじゃない。子供も親も先生も、同じ場所で息を吸っていた者たちは、みんなそろって大興奮だった。

そうして、競技は続き、最後の最後に高学年選抜リレーが行われた。

「それにしても、華がある子だね。龍馬くんって」

　これには士郎がでないこともあり、ようやく俺たち一家は落ち着いた。

　冷静な目で龍馬くんを見て、応援できた。

「うん。四年生なのに、高学年色別対抗リレーと選抜リレーのアンカー両方だもんね。しかも、文句なしに速い。こういう子が一人でもいると、盛り上がるんだよね～。お父さん、鼻が高いだろうな」

　勝敗とは別に、みんなで拍手を送った。

　龍馬くんがゴールテープを切ったときには、士郎や樹季も笑顔で手を叩いている。

「士郎くんの同級生になって、もう一度学校に通ってみたいな。なんか面白そうだと思いませんか？　鷹崎部長」

　閉会式になったとき、しみじみと鷲塚さんが呟いた。

「それを言ったら兎田の兄弟みんなだろう」

「ですね。あ、俺としては、鷹崎部長の世代にも憧れてますよ。稀代の九十期」

「よく言うよ」

　鷹崎部長は笑っていたけど、鷲塚さんの目は真剣だ。

「本気ですよ。絶対に追いつき追い越しますから。寧を大将にした俺たち九十七期も」

「ずるいな、それは」

これはこれで、何かわくわくする展開であり、やりとりだった。

鷹崎部長の目が、一瞬だけ企業戦士のものになる。俺の胸がきゅんとする。

「最強の武器であり、俺たち同期の接着剤ですからね」

「それは否定しないよ」

「俺たちでさえ、こうして今はくっついて、笑い合ってますからね」

「違いない」

終始大人な会話だった。

それでいて、仕事になれば常に真剣勝負な社会人同士の会話でもあった。

『俺も、いずれああなりたいな。いや、絶対にならなきゃな』

俺は、今日一日で、すごいエネルギーをもらった気がした。

一所懸命頑張った子供たちから、そしてそれを優しく見守る大人たちから――――。

4

運動会が終わると俺たちは、お弁当などの荷物が軽くなったこともあり、みんなで歩いて帰宅した。

今日は一日中外にいて、さぞちびっ子たちも疲れただろうと思いきや、一番元気だったのはきららちゃんだ。

「パパ、パパ！　これからみんなでエンジェルちゃんのお迎えに行って、お家とかご飯を買いに行くんでしょう！」

「みんな疲れてるんだから、パパと二人でもいいだろう」

それはそうだろうという話だった。

鷹崎部長も困ったような、それでいてどこか楽しそうに笑っている。

実は、猫好きなのかな？

そういえば、エリザベスやエルマー、子犬たちともすぐに仲良くなっていたから、動物そのものが好きなのかもしれない。だからこそ、飼うと決めるまでには葛藤《かっしょう》があったんだろうが、いざ飼うと決めれば嬉しそうだ。

「俺は平気ですよ、部長。食品の買い出しもあるし、今日のうちにすませておけば、明日ゆっくり仕込みができますから」

「僕も平気！」

「なっちゃもー」

「おっ買い物～」

俺が鷹崎部長に声をかけると、樹季や七生、武蔵がこぞって手を上げた。

父さんたちも、面白いぐらいにそろって頷き、鷲塚さんまで一緒になっている。

「そうか。ならみんなで…」

しかし、そう言って鷹崎部長が今日一番の笑顔を見せたときだった。

お隣さんから、おばあちゃんが飛び出してきた。

「あ、兎田さん！　待ってたのよ。やっと帰ってきたわ」

「バウバウ」

「みゃっ」

おばあちゃんの足元にはエリザベス。

そして、エンジェルちゃんは本当にエリザベスが好きなんだろうな。頭の上にしがみついて、尾っぽを左右に振っていた。

きららちゃんの笑顔がいっそう輝く。

だが、お隣さん家からは、更に誰かが出てきた。俺には見覚えがない。

「あれ？　沙也夏《さやか》ちゃんとお母さんだ」

俺の腕を掴んだのは樹季だった。樹季の姿を見ると、女の子が前へ出てくる。

「樹季くん！」

「今日はどうしたの？　病気は大丈夫なの？」

「うっ、うん。病気じゃないから」

「え？」

どうやらこの沙也夏ちゃんが、樹季がピンチヒッターをつとめることになった欠席の子のようだ。

傍には三十代半ばの女性が一緒にいて、一目で親子とわかるぐらいよく似ている。

だが、顔色が悪くて、何やらただならぬ雰囲気だ。

「沙也夏の母です。少し、お話しさせていただいてよろしいでしょうか」

「は、はい」

それから俺たちは、深々と頭を下げた沙也夏ちゃんのお母さんから、想像もしていなかった話を聞かされることになった。

家族全員どころか、「とにかくみんな、一度家へ入って」と案内してくれたお隣の老夫婦から鷲塚さん、鷹崎部長やきららちゃんまでもが唖然とする話を――。

俺たちはお隣の家のリビングを借りて、話を聞くことになった。

話の中心として席を囲んだのは、沙也夏ちゃん親子にうちの父さん。

そして、なぜか鷹崎部長ときららちゃん。老夫婦も間に入るように一緒に座った。

「ご迷惑おかけして、すみません。まさか沙也夏がここまでするなんて思っていなかったもので――」

沙也夏ちゃんのお母さんは、ずっとみんなに向かって頭を下げていた。

その上最後は正座していたその場に両手をついて、父さんが止めるぐらい頭を下げて謝罪してきた。

なぜなら、三日前に公園に捨てられていたエンジェルちゃんを最初に見つけて拾ったのが、実は沙也夏ちゃんだった。

充功が捨てられていると思い込んだ公園の段ボールも、お母さんから「家では飼えない」「絶対に無理よ」と言われた沙也夏ちゃんが、「それなら！」と、そのまま段ボールに入れて飼っていただけのことで、本人には捨てたつもりがまったくなかったからだ。

「私が最初に、いいよって言ってあげればよかったんです。うちは借家ですけど、ペットは禁止されていません。ただ、五年前に離婚していて、私が一人で沙也夏を育てているもので、この上ペットまでは自信が無くて。どんなに頼まれても、駄目としか言えなくて…。せめて、里親探しだけはと思ったら、沙也夏が〝もう飼い主が見つかったから大丈夫〟って言うもので…。それで安心してしまって」

沙也夏ちゃんはお母さんに嘘をついて、公園と自宅の両方を使って、エンジェルちゃんの世話を始めた。

実際は拾ってから一日だけだが、お母さんが仕事でいないときには自宅の部屋で、それ以外は公園でという感じだ。

それなのに、今朝学校へ行く前に公園へ行ったら、子猫の姿が見えなくなっていた。

慌てて公園から町内から探し回るうちに、学校を無断欠席。

学校からお母さんの携帯電話に出欠確認の連絡がいったために、今度はお母さんのほうが慌てて帰宅した。

そのときは、通学途中で体調が悪くなり、帰宅したのかと思っていたらしい。

ただ、その途中で大泣きしていた沙也夏ちゃんとばったり会って、理由を聞いたら「子猫がいなくなった」だ。

さすがにお母さんもただ怒るわけにもいかず、学校に連絡を入れたあとは、一緒になってエンジェルちゃんを捜した。もしかしたら、誰かに拾われたのかとも考えたが、そうでなかったら、自力で生きるには小さすぎる子猫だけに、お母さんも心配だったからだ。

そうして、探すだけ探して、歩き疲れたついさっき。たまたま庭先でエリザベスにじゃれていた子猫を見かけて、お隣さんを訪ねた。

訳を話すと、完全に同じ子猫だとわかったところで、今度はすでに飼い主が決まっていることをおばあちゃんやおじいちゃんから説明された。

そこへ俺たちが帰ってきたらしい。

こうなると、もう当事者同士の話し合いしかない。

そして、沙也夏ちゃんのお母さんが頭を下げ続けていたのには、こういう理由があったからだ。

「本当に、私が至《いた》らないばかりに、ご迷惑をおかけしました。ただ、これまで何一つわがままも言ったことがないし、強請《ねだ》ったことのない娘が、初めて執着した子猫です。私も、ここまで好きならと思い、見つかったら家に連れて帰ろうと約束しました。ですから、もし許していただけるなら、子猫を家《うち》に返していただけないでしょうか？」

母一人、子一人で育っている沙也夏ちゃんのことは、樹季だけでなく士郎たちも知っていた。夏休みに双葉や充功が遊んでくれたときに、時々一緒に混ざっていたそうだ。

本当に控えめで、どちらかといえば大人しくて、双葉たちから見ても、こんな思い切ったことができるような子ではない。

普段は学校帰りに学童へ通っていて、お母さんの仕事帰りを待っている。

親が無責任に放置している子とは違って、礼儀正しいし躾《しつけ》も行き届いていて、唯一元気に声を上げて話をするのが、にゃんにゃんエンジェルズの話題だったらしくて、双葉が俺に説明しながら溜息の嵐だ。

充功にいたっては、完全に頭を抱えてしまった。

士郎にしても、これればかりは――だ。

「お願いです！　私にエンジェルちゃんを返してください。必ず大事にします。ちゃんと可愛がります。だから、だから…私にエンジェルちゃんを返して…」

沙也夏ちゃんが涙ながらに鷹崎部長たちに訴えてきた。

偶然とはいえ、沙也夏ちゃんも子猫にエンジェルちゃんと名付けていた。

きららちゃん同様、にゃにゃんエンジェルズの白猫ちゃんが大好きで――――。

それもあって、自分一人でも飼おう！　頑張ろう！　って思い立ったらしい。

樹季が言うには、運動会のダンスも、いつになく張り切っていたそうだ。

「寧兄。これ、どうしていいのかわからないな。きららちゃんもあの子も、境遇が似てるし。そもそも白い子猫に〝エンジェルちゃん〟って名前を付けてる理由も、一緒な気がする。にゃん子ちゃんって、いつも飼い猫のエンジェルちゃんに慰めてもらって、励《はげ》まされて頑張ってるじゃん。時にはお説教もされてさ。でも、それで少しずつにゃん子ちゃんも強くなって、戦士仲間《ともだち》もいっぱいできて…。本当に、元気の素《もと》みたいな存在だからさ。エンジェルちゃんって」

俺や双葉たちは、部長たちからは少し離れて、様子を窺っていた。

『元気の素か。きららちゃんが七生をエンジェルちゃんって呼んでいたのには、もしかしたら、俺たちじゃ想像もできない感情や思いがあるのかもしれないな…』

確かにきららちゃんと沙也夏ちゃんは境遇が似ていた。

大人の事情に違いはあれど、普段一人で頑張って、お父さんやお母さんを助けている。

一番の心の支えにもなっているだろうし、口にしないだけでいろんなことを我慢し、寂しい思いもしているだろう。

だからこそ、鷹崎部長はきららちゃんに「これ以上頑張らなくていい」と言った。エンジェルちゃんを飼うことを決めた。

そして、それはこのお母さんも同じだろう。

最初はすぐに決断ができなかっただけで、今はそうじゃない。ちゃんと一つの命を預かる覚悟で、鷹崎部長たちに頭を下げている。

『――きららちゃん…。何も言わないな。すごく賢い子だから、かえって悩んじゃってるのかな？　それともショックが大きすぎて、言葉も何もないだけかな』

俺は、話が進むうちにきららちゃんが声を上げて抵抗すると思っていた。

きららちゃんだって、鷹崎部長に一生懸命お願いして、飼えることになったんだ。

明日には家に連れて帰れるんだ。これからずっと一緒なんだって喜びの中で、今日も一日過ごしていたはずだ。

でも、肝心なきららちゃんが黙っているから、鷹崎部長も言葉がない。

これればかりは、自分の判断だけで子猫をどうこうはできないだろうし、まずはきららちゃんの気持ちを聞いてからだろう。

「駄目だ！　エンジェルはきららの猫だ。もう、きららのものだ！」

しかし、ここで突然声を上げたのは武蔵だった。

「だって、きららだっていつもパパと二人で頑張ってるじゃないか！　ここに来るのだって、お休みだけじゃないか!!　絶対に駄目だ！」

「みゃっ」

抱かれて喜ぶ子猫を胸に、断固戦う構えだ。

『武蔵』

だが、こんな武蔵を俺は、すぐに怒ったり諫《いさ》めたりする気にはなれなかった。

むしろ、こうして感情のままに行動する武蔵が、子供らしくて安心できた。

これでもかなり状況判断をしているし、園児にしてはいい子過ぎるんじゃないかと思うが、それでもなんだかホッとする。

それは父さんや双葉、充功たちも同じかな？

もちろん。だからといって、このまま武蔵を止めないわけにもいかないんだけど。

「武…」

「武蔵！」

でも、俺が説得しようと思ったときには、きららちゃんが武蔵の傍に寄っていった。

「ありがと。でも、いいよ。エンジェルちゃんを先に見つけたのは、沙也夏ちゃんだもん。充功くんより、沙也夏ちゃんが先だから」

「きらら」

武蔵に両手を伸ばしてエンジェルちゃんを抱きかかえ、自分から沙也夏ちゃんのほうへ歩み寄って行く。

「はい。沙也夏ちゃん。エンジェルちゃん、可愛がってね」

「うんっ。絶対に可愛がる！　でも、ごめんね。本当にごめんね――――っ」

エンジェルちゃんを受け取った沙也夏ちゃんがぼろぼろ泣いているのに反して、きららちゃんは妙に落ち着いていた。

淡々としているというか、ショックすぎて表情が固まっているのかもしれないが、全部自分で考えての行動だ。

鷹崎部長は何も言っていないし、合図もしていない。

それなのに――――。そう思うと、かえって俺の胸がズキズキ痛んだ。

本当に、どう慰めていいのかさえわからない。

『きららちゃん…』

その後、沙也夏ちゃん親子は、何度もお礼を言って、頭も下げて、エンジェルちゃんを家に連れて帰った。

俺たちもお隣さんにお礼を言って、自宅に戻った。

心配したおじいちゃん、おばあちゃんが、慰めになればとエリザベスを一晩預けてくれた。

きららちゃんはリビングのソファに座り込んだままだが、傍には武蔵と七生とエリザベスがピタリと寄り添っている。

「きらら」

「きっちゃ」

「バウ」

俺と父さんはダイニングで夕飯の支度を始め、双葉や鷹崎部長、鷲塚さんはテーブルについてきららちゃんたちの様子を窺っていた。

樹季は沙也夏ちゃんが自分の同級生だったことに、そして充功は全面的に責任を感じてしまったようで、珍しく二人揃って仏壇の前で膝を抱えている。

「どうしよう。僕、きららにまずいこと教えちゃったね」

そうして、キッチンに入ってきて、俺の腕を掴んできたのは士郎だった。

「きららは自分が諦めたり認めたり、わがままを言わなければ、みんなで和気藹々《わきあいあい》って覚えちゃったかもしれない。あのときは寧兄さんっていうウリエル様への恋心だけど、今度はエンジェルちゃんだ。沙也夏ちゃんは樹季の同級生で友達だしさ」

そう――――。

俺がさっき、きららちゃんが「いやだ」「エンジェルちゃんは絶対に渡さない」って声を上げると思ったのは、俺と鷹崎部長の交際に一度ははっきりと拒絶を示したきららちゃんの姿を見ていたからだった。

反対の理由は当時のきららちゃんが俺を好きで、「ウリエル様のお嫁さんになる！」と思っていたのに、「パパとウリエル様が付き合ったら私は⁉」っていう可愛いものだけど…。

でも、あのときは士郎がきららちゃんに二者択一を迫った。

交際を反対してパパと俺が会わなくなる。イコール、きららちゃんも俺たち家族と会えなくなるのがいいか、それとも交際に賛成してみんなで和気藹々。ずっと仲良しでいられるのがいいかって。

それこそ昨夜、鷹崎部長がエンジェルちゃんを飼うリスクのたとえ話に、俺たち家族を出したのも、それがあったからだろう。

そう考えると、きららちゃんにとっての我慢基準がみんなで和気藹々。ここが一つの線引きになっているのかもしれない。

人間、得たいものがあれば我慢しなければならないものもある。それを子供のうちに、きちんと学んで納得するのはいいことだ。実際、必要なことでもある。

ただ、その一方で、それらが今のきららちゃんの子供らしさを損ない、不要な我慢強さを作って育てているとしたら、そこは違うだろうと思ってしまう。

だから士郎もこうして落ち込んでいるし、俺も不安を覚えた。

「そんなに悲観することじゃないよ。士郎も寧も」

すると、横で話を聞いていた父さんが、ニコリと笑った。

いつものことだが、俺の気持ちもお見通しだ。

「お父さん。でも……」

「きららちゃんも言ってただろう。最初にエンジェルちゃんを見つけたのは沙也夏ちゃんだって。そりゃ、みんなで和気藹々の精神も根強く残っているとは思うけど、今回は出会いの順番を優先したんだと思うよ」

「出会いの順？」

「そう。変な話、沙也夏ちゃんが見るからに意地悪そうな子だったり、子猫をいじめる目的で引き取りに来たと感じたら、とことん抵抗しただろうね。けど、沙也夏ちゃんはそういう子じゃない。しかも、子猫に〝エンジェルちゃん〟っていう名前を付けていたことで、きららちゃん自身が共感できるものがあった。自分と同じぐらい子猫のことを考えて、ちゃんと大事に思っている子だなって、理屈抜きにわかったんじゃないかな」

ああ――――。父さんの目から見ると、そういうふうに捕らえられるのかと、俺と士郎は頷き合った。

そう言われたら、確かにそういう気もする。そうあってほしいとも思う。

「そうしたら、あとは誰が一番最初にエンジェルちゃんと出会ったかってことになる。というか、それで譲ったんだなと思って、みんなで褒めてあげるしかないじゃないか。今のきららちゃんにとっては、それ以上のご褒美がないんだから」

「ご褒美？」

「もちろん。譲れないところは譲らなくていい。主張するところは、ちゃんと主張していい。それをしたからってみんながいなくなるとか、きららちゃんから離れることはないんだから、安心して嫌なときは嫌だって言っていいんだよ。嫌って言えるきららちゃんも好きだよって。そこも一緒に教えて、理解してもらう必要はあるけどね」

「――――安心か」

なんだか俺のほうが、父さんに説得されてしまった。

けど、父さんの言うことはもっともだし、すべてが大事なことだ。

言われるまでもなく、俺もそうやって育ててもらった。

「きらら！　元気出せよ。きららには俺もみんなもいるからな！」

「きっちゃ、ないないよ」

「バウッ」

リビングからは武蔵たちの声が聞こえる。

「うん。わかってるよ。きららにはパパもウリエル様も七くんもいる。武蔵も士郎くんもミカエル様も、双葉くんも充功くんも…。エリザベスや子犬たちも、みーんながいる。だから平気だよ。だって、きららみんなのママだもん」

ちょっと元気になったかな。きららちゃんの声も、大きくなってきた。

「あ。一番の理由は、案外あれなのかもね」

ただ、今日ばかりは父さんも頭になかったんだろう。きららちゃんの「ママ発言」を耳にすると、俺や士郎と一緒にうなずき合った。

〝もーっっっ、みんな泣かないでよ！　きららがママになるから。きららがみんなのママになるから、泣いちゃだめっ!!〟

確かにあのとき以来、きららちゃんにはそれらしい言動が増えている。

女の子ならではのお世話好きとかおませさんというよりは、男ばかりで一生ママにはなりようのない俺たち（多分、父さんや鷹崎部長も含まれている）のママになろうと、使命感に燃えているようにも見えるし。ようは、年とは関係なく、沙也夏ちゃんよりもきららちゃんのほうが、母性本能が強いのかもしれない。

CMでも、〝小さいママ〟として一緒に参加したから、余計に――――。

「きっちゃ。いい子いい子ねーっ。ぎゅーっ」

「うん。七くんエンジェルちゃん。ぎゅーっ」

どうやらいつもの調子が戻ってきたかな？

仏壇前にいた充功や樹季も、七生と抱き合うきららちゃんの笑顔を見て、ホッとしているようだ。

そして、それを見た鷹崎部長がテーブルから席を立つ。

「きらら。これから新しい子猫を探そう。譲ってもらうなり、なんならまだお店もやってるし」

これはこれで一大決心をしたのだろう。里親募集なりペットショップで、新たなきららちゃんのエンジェルちゃんを見つけようと声をかけた。

「パパ」

「うわっ！　本当きららちゃんパパ!!」

「よかったな、きらら！」

驚くきららちゃんに、歓喜する樹季と武蔵。俺や士郎、双葉たちも思わず身を乗り出した。

しかし、きららちゃんは首を横に振る。

「ううん。いいよ。エンジェルちゃんはエンジェルちゃんだけだから」

「え？　それでいいのか？」

「うん。ね、ミカエル様！」

驚く鷹崎部長や俺たちを余所《よそ》に、きららちゃんは父さんに同意を求めた。

「――そうだね」

これには父さんも微苦笑だ。声だけは軽やかだったが、目が複雑そうだった。

『あ、そうか！　最初の頃に、そんな感じの話があったっけ。なんか、聖戦天使になったばかりのにゃん子ちゃんとエンジェルちゃんが喧嘩して、別れて、仲直りしたときに、私のエンジェルちゃんはエンジェルちゃんだけだよ！　にゃー!!　みたいなやり取りがあったもんな』

きららちゃんがどこまでも原作に、父さんが作った物語に忠実だったからだ。

「お父さん。嬉しいけど、複雑だろうね」

「話を書くのに、ますます責任感じるだろうな」

士郎と俺でわかり合う。

当のきららちゃんは、鷹崎部長に飛びつき、ニコニコで抱きついた。

「ありがとう、パパ。大好き！」

「きらら…」

鷹崎部長が両手でしっかりときららちゃんを抱き上げる。

そうして何度も頭を撫でて、

「今日は偉かったな。パパもきららが大好きだ。きららはパパの自慢の娘だよ」

心から褒めて、愛《いと》おしそうに抱きしめた。

きららちゃんも嬉しそうに力一杯抱きしめ返す。

「うん！」

『きららちゃん』

俺は、それを見ているだけで泣きそうだった。

「うん！」

「あいちゃっ」

「バウンッ」

鷹崎部長の足になぜか一緒になって抱きついて返事をしていた武蔵と七生、寄り添っていたエリザベスがいなかったら、決してここでは笑えてはいなかった。

5

いつにも増して、いろいろあった三連休が明けて、日常に戻った。

『はー。それにしても飛鳥くんといい沙也夏ちゃんといい、離婚家庭って多いんだな。充功の代にも多いって聞いたことがあるけど、俺や双葉の代ってどうだったかな？　俺が知らなかっただけで、意外とあったのかな？』

うちの地域では、小学校と中学校が今週いっぱいは秋休みなので、自宅には充功と士郎と樹季がいる。

七生の面倒を三人が見てくれるので、父さんは仕事に集中の予定だ。

それだけに、俺も残業が入らないといいな。できることなら早く帰って父さんの代わりに夕飯の支度をしてあげたいな。双葉にもこれまで以上に勉強の時間をあげたいし。

――なんて思うが、そう上手くはいかない。

そもそも自分が予定通りに仕事ができるかどうかの瀬戸際《せとぎわ》だし、そろそろ予定以外の仕事でも、できるようにならないといけないのも現状だ。

特に、俺みたいに私用の多い奴は！

「課長。月末の半休願いの件なんですけど」

出勤早々の朝礼前、俺はデスクに着席したばかりの課長に声をかけた。

いつもなら、まだ休憩室でコーヒーを飲んでいる時間だが、今日はそれもなしだ。

「ああ。前に言っていたやつか。調整というか、根回しはできてるのか？」

「はい。急な呼び出しがかかったときには、森山《もりやま》さんがフォローしてくださるそうです。電話連絡も、いつでも受けられる状態にしておきます」

「そうか。なら、ＯＫ。で、今度は誰のイベントだ？　文化祭と運動会は終わったんだよな？　兎田が半休ってことは、キラキラパパさんは仕事か？」

課長は嫌な顔をするどころか、笑って半休願いに許可をくれた。

俺の家族構成に加えて、ＣＭ出演騒動があったために、俺が勤める西都《せいと》製粉《せいふん》株式会社東京支社内では、ほとんどの人が俺の家庭事情を把握している。

だとしても、この対応は本当にありがたい。

俺は軽く会釈をしながら、ちょっとだけ立ち話をする。

「今度は六男の幼稚園でハロウィンパーティーです。決して強制ではないですけど、午後から保護者も参加で、園児たちとカボチャカレー作り。その日は園内で夕飯の予定です。いつもは父が行ってくれるんですけど、今回は打ち合わせが入ってしまって」

去年は母さんが亡くなったこともあり、一年を通して園や学校行事どころじゃなかった。それもあって、今年はできる限り参加したいと思っていた。

武蔵は母さんとの思い出が少ないし、園行事に関しては入園式さえ出てもらっていないから余計だ。ちょっと早い入園準備で用意していたお弁当箱や手作りバッグなんかが、武蔵にとっては形見になってしまったほどだから――。

「あー、それで平日なのか。いつの間にか、ハロウィンが年中行事になってるよな。近所巡りとかもするのか？　トリック・オア・トリート！　とかって」

「それは、五男の代で終わりました。幼稚園の近所に新しいデベロッパーができたもので、馴染《なじ》みのない方たちに参加を要請するのは、躊躇《ためら》われたらしくて。かといって、そこだけ声をかけないのもね…って。代わりに園内の教室を周ってます。役員や有志《ゆうし》のお母さんたちと先生が、ご近所さん役でお菓子を持って待機して。子供も遠慮無くはしゃげるみたいで、楽しそうですよ」

「そうか…。なんか、そういうの聞くと、母親業も大変だよな。もう少し俺も何かしなきゃって思うよ。まあ、思うだけで、実際何もできてないんだが」

俺の話を聞いた課長が、しみじみ呟く。

俺からしたら課長だって、たくさんの部下を抱えている。下手したら、子供より手のかかる俺みたいなのを育てなきゃいけないんだから大変だ。

けど、それでもこうして反省してしまうところが、鷹崎部長同様素敵な上司だ。

本当に家族思いのパパで尊敬できる。

「その気持ちを伝えるだけでも違うと思いますよ。課長のところは、まだ小さいお子さんが三人でしたよね？　中学を卒業するまでは行事が目白押しですし、その後は受験もあります。言葉があるだけでも奥さまは嬉しいと思いますよ。俺でさえ弟たちから言われたら嬉しいですから」

俺は話を続けながら、課長にはなんて言って日頃の感謝を伝えようか、考えていた。

「そうか。わかった。なら、言ってみ…と、どうしたんですか？　部長」

しかし、課長のほうが突然話の途中で目をそらした。出勤してきた鷹崎部長が、愕然とした顔で寄ってきたからだ。

「ハロウィンで思い出したんだ。そういや、うちもあった。お知らせをもらったときに、なんでこんなド平日に…と思ったまま、すっかり忘れていたんだが」

鷹崎部長はデスクに鞄を置くと、スーツの内ポケットからスマートフォンを取り出した。

そうでなくても、エンジェルちゃん騒動のあとだ。ここはきっちり、きららちゃんのフォローをしたいだろう。

俺だって、秋から年末は特にイベント行事が続くとわかっていたから、できるだけフォローしようと決めていたのに――。

『あっ…。あんなに確認しようと思って、メモまでしてあったのに。何してるんだろう、俺…』

急に血の気が引いてきた。

ショックで俺のほうが、その場にしゃがみ込みそうだ。

「それで、部長。お嬢さんのところは何をするんですか？」

「午後から親子そろっての仮装パーティーだ。簡単なものでいいから用意してほしいと、懇切丁寧なプリントの上にメールも届いていた。完全に俺のミスだ。頭から抜けていたんだ」

しかし、痛恨のミスを補《おぎな》うチャンスはまだ残っていた。

『仮装パーティーって、衣装作りかな』

俺は、許されるなら今すぐそのプリントだかメールが見たかった。

簡単な衣装作りなら手伝える！

「でしたら、今からでも日程の調整をしてください。私たちもできることは協力させていただきますから」

近くの席で、話を耳にしただろう先輩女性たちも寄ってきた。

「いや、でもな」

「そうですよ、鷹崎部長。既婚の私たちのためにも、こういった理由で休みを取りやすい環境作りに、ぜひご協力を！」

声をかけてきた女性二人は、三十代半ばの既婚者さんで、いずれも共働きだ。

お子さんはどちらも一人で、士郎か樹季と同じぐらいだと聞いたことがある。

産休・育休明けから、子供を保育園に預けて現場復帰。自他共に認めるバリバリの営業ウーマン・ママさんだ。

「すまない、気づいてやれなくて。やっぱり子供絡みって、休みが取りにくいのか？」

とはいえ、全面協力を惜しまないと笑った彼女たちの言葉が、鷹崎部長には思いがけない追撃になってしまったようだ。いっそう顔色が悪くなる。

こういうところは、やっぱり上に立つ人だ。何気ない言葉の受け止め方が違う。

「いえ！　そんなことは…。ね！」

先輩たちも慌てて、「そういう意味ではない」と示した。

俺から見ても、今のは単純にノリであって、不満を言いたかったわけではない。

日頃から仕事に真摯な鷹崎部長だからこそ、こんな時ぐらい気兼ねなく休みを入れてほしかっただけだろう。

「――――はい。正直言ってしまうと、うちの部は兎田くんが入ってきてくれたおかげで、みんなが家事や育児に感心や興味も示してくれてると思います。ありがたいことに、兎田くんのところに比べたら一人や二人たいしたことないだろう、なんて言う人もいません。鷹崎部長が大変だっていうのも、見てわかるので。本当に子供は一人でも手がかかるんだなって、みんながわかろうとしてくれているのが伝わってきます。少なくとも、そういった理解のない他部署に比べたら。ね」

ただ、さすがに部長、課長が揃う前で、「ね！」「ね！」だけでは終われなかったのだろう。先輩の一人が部内の状況や自分たちの立場を説明した。

いきなり俺が引き合いに出されて驚いたが、それでも鷹崎部長はホッとしたようだ。

「そうか」

「はい」

しかし、ここで変に誤解をされても困るので、俺は恐縮しつつも会話に加わった。

「あの、でも…それって俺がどうこうではないと思いますよ。普段から先輩方がきちんと仕事をされていることが大前提だと思います」

「兎田くん」

「俺、先輩たちにお子さんがいるとか、最近までまったく気づきませんでした。それぐらい割り切って仕事をされているし、スケジュールの管理もされている。俺のほうが社会人として教えてもらいたいことがたくさんあるぐらいですから、それでみなさんも……」

「兎田くん……」

「……いい子ぉ」

すると、いきなり涙を浮かべられてしまった。

「え!? ごめんなさい！　俺、すごい失礼なこと言いましたか!?」

自分では何がきっかけなのかわからないので、余計に混乱した。

部長に目配せをするも、「俺もわからない」とアイコンタクトを返されてしまう。

「あ、気にしないで。そうじゃないのよ。ちょっと…、ぐっときちゃっただけだから」

「そうそう。そういうこと言ってくれる兎田くんだから、私たちにも励《はげ》みになるのよ。うちの子だって今頑張ったら、兎田くんみたいになるかもしれないって」

しかも、こんなときに限って、子供扱いだ。

先輩たちの目が完全にお母さんになっていて、余計にどうしていいのかわからない。

「いえ、俺は…。そんな」

「そんなも何も、兎田くんは理想の息子だよ。もう、どうしたらこんな素直で家族思いの子が育つのか、きらきらパパさんに聞きたいぐらいよ。ねえ、課長」

「だよな～。俺も少しは子供たちと戯《たわむ》れなきゃ。一人でも兎田みたいに育ったら、それだけで人生勝ち組な気がするよ。まあ、その前に俺自身がきらきらパパさんにならないといけないという、超えられない壁がありそうだが」

「それは言っちゃ駄目ですって！」

「一瞬にして、夢破れですよ！　もうっ!!」

「はっはは～」

おそらく、親子揃って褒めてもらったんだとは思うが、こうなると完全に置いてきぼりだ。俺が口を挟む間もなく、話が始まって終わっている。

「なんにしても、鷹崎部長。今後の働くパパ・ママのためにも、ハロウィンは娘さんのために休んであげてください」

「私たちも、足を引っ張らないようにしますから」

「ああ…。ありがとう」

それでも、みんなプロの勤め人だった。

身体が始業時間を覚えているのか、誰一人時計を見ていないのに、朝礼時間にはピッタリと会話を終えた。

『それにしても、仮装パーティーか…』

結局、まだまだ修行の足りない俺だけが、うまく頭を切り替えられずにいた。

朝礼の間中、鷹崎部長もコスプレするのかな？　と、余計な想像ばかりしてしまった。


朝礼後に外回りに出た俺は、担当している得意先をいくつか回った。

新商品の案内や、これまでとは違う商品にも興味を持ってもらえないかと、担当者と雑談を交えながら売り込みをしていくためだ。

ちなみに俺が担当している営業先は、レストランや製麺、製菓、パン業者といった中小の加工業者。我が社で製品化されたものを売り込みに行くのではなく、粉の状態で売り込むのが仕事だ。

「あ、そうだ。先日発売された秋限定の当たり付きお月見あんパンですけど、うちの弟たちに大人気でしたよ。ちぎりパンなので、みんなで分けやすいし、幼児でも食べやすくて。何より、お月見団子の形をしているのを上からちぎって、一個だけ入っている栗を誰が当てるのかが、相当楽しかったみたいです。五男から末っ子は、とくに喜んでました。あ、写真をお見せしてもいいですか？」

そうして訪ねた先のひとつで、俺はスマートフォンを取り出した。

ピラミッドみたいなお月見団子がプチあんパンでできたそれを、樹季と武蔵と七生が喜んで食べている写真画像を持っていたからだ。

「もしかして、これって普通に買ってくれたの？　自社製品でもないのに？」

相手の担当さんは、四十代のお父さん世代。生粋《きっすい》の自社製品ラブな人だから、ちょっと驚きながら写真を見てくれた。

「はい。うちの粉がどんな風に生まれ変わるのか、やはり興味があるし。それ以上に里子《さとご》みたいな気持ちになっちゃうんですよ。それで、売り場で見ると、これうちの粉！　みたいな。家族もノリがいいので、それなら買わなきゃってなるんです」

これまでこうした身内買いみたいなことを、進んで相手に伝えたことはなかった。

しかし、ＣＭ騒動をきっかけにもらった常務からの助言（年期が違うのだろうが、君は大家族長男をしているときの顔のほうが魅力的だ）もあり、俺は俺らしい営業をしてもいいのかな？　って考えるようになった。

これが直接売り上げに繋がるわけではないんだけど、まずは担当さんたちと、今まで以上の関係作りを目指せたらいいなって。

それで今回は、思い切ってチャレンジしてみた。

まあ、プチあんパンを頬張ったり、栗を当てたときの七生たちがあまりに可愛かったので、それを作り手さんに見せたかったのが一番だけどね。

やっぱり兄馬鹿だ。

「そう！　本当!!　それは嬉しいな。他のみんなにも伝えておくよ。うちのパンも大家族の食卓に浸透してるらしいぞって。でも、そうか。あのちびっ子ちゃんたちにも頬張ってもらったのか。俺が企画したお月見あんパン」

手応えは悪くなかった。

担当さんは自分の企画だけあり、すごく喜んでくれた。

「美味しい顔してますでしょう。こういうの見ると、俺も嬉しくなっちゃって」

「いや、本当に嬉しいわ。なんか、ありきたりだけど、フェアー企画でも出しちゃおうかな。美味しいパンで美味しい顔フォトコンテストみたいな」

ひょんなことから、ひょんな企画も生まれる？

実現するかどうかは別として、こういう話や勢いが、新しい何かに繋がるといいなと思う。

「いいですね。そういうのも」

「そしたらこの写真も応募してほしいな～。なんか、俺が自慢したいんだけど」

「それは、すみません。家族はもう世間に出さないと会社で宣言してしまったので」

「だよなー。でも、兎田くんの弟たちは本当に可愛いよな～。絶対ネット流出とかしないから、せめて画像だけ送ってよ。なんだかやる気が出るよ、この写真」

「はい。では、あとでメールさせていただきますね」

そうしてこれまで以上に担当さんと話が弾《はず》んで、若干距離も近くなって、俺としては満足な結果だ。

「まあ、とにかく何か企画してみるよ。これで少しでも生産量が増えたらいいんだけど」

「はい。その時は我が社もできる限りお手伝いしますので、今後ともどうかよろしくお願いします」

これがちゃんと数字に表れるかどうかは、日々の努力次第だけど。

夕方――――俺は、一日の外回りを終えると会社に戻った。
『はー。定時過ぎちゃったけど、今日の分はどうにか終わった。急な呼び出しもなさそうだし、あとで充功にメールしておくか…と、鷹崎部長』

部屋に向かう途中の休憩室で、鷹崎部長の後ろ姿が目についた。

カフェのようなカウンターテーブルに一人で座って、スマートフォンとにらめっこをしている。何でもないような姿さえ、とても絵になる人だ。

『さっそくスケジュール調整かな？　退社してないってことは、休憩挟んで残業かな？』

回りに人もいなかったので、俺は静かに近づき、様子を窺った。

手元に置かれた紙コップの中身がほとんどないのが見えて、休憩室に置かれた自販機でコーヒーを買った。

デートではいつもご馳走《ちそう》になるばかりの俺にできる、ささやかなお礼だ。

「鷹崎部長。お休み、取れそうですか？」

淹れ立てのコーヒーを出しながら、それとなく声をかけた。

口調も会話も普段と変わりがないので、通りがかりの誰かに聞かれても、俺と鷹崎部長の関係を疑う人はいないだろう。

そういう意味では、公私で呼び方を変えないのは、間違いがなくていい。

「あ、すまない。かえって気を遣わせて」

声をかけたのが俺だと気づいて、鷹崎部長が微笑んだ。

でも、これは上司の顔じゃない。恋人に向けるときの顔だ。

なので、俺も少しだけ――――。

「いえ。できることがあったら言ってくださいね。遠慮されたら俺、泣きますよ」

「え？」

意味深なつぶやきを混ぜて、口元だけで微笑んだ。

「そうだな」

たった一言だけど、声がすごく優しい。

そうでなくても鷹崎部長のバリトンはセクシーなのに、甘さまで加わったらたまらない。

俺のほうが場所柄もわきまえず腰砕けを起こしそうだ。

『ちょっとだけ、くっついてもごまかせるかな？　腕と腕だけとかなら』

「あ、鷹崎部長。ちょっと話してもいいかしら？」

しかし、こんな甘いひとときは、一分と続かない。

鷹崎部長に声をかけてきたのは、第二営業部（こちらは個人商店専門）の吉原《よしわら》課長。シヨートボブとパンツスーツがトレードマークの、社内でも有名なインテリ美女だ。

入社以来、脳内が粉まみれな俺でも顔と名前を一度で覚えたぐらい、第一印象の好感度が高い人だ。

俺は軽く会釈だけして、鷹崎部長の傍からちょっと離れた。

「はい。なんでしょうか、吉原先輩」

鷹崎部長がスマートフォンを置いて席を立った。

吉原課長はもともとは第一営業部にいた人だから、入社当時は鷹崎部長のほうが後輩だったのだろう。

「そんな堅苦しくかまえないで。今は私のほうが役職も下なんだから」

「しかし、それは産休や育休のためで……。先輩がフルで出勤していたら、今の俺のポストも先輩が就《つ》いていたかもしれませんし……。と、すいません」

「だ・か・ら。そこは気にしないでって言ってるでしょう。すべてを承知の上で、結婚・妊娠・出産。育休明けの社会復帰と同時に離婚までしたんだから」

「――――はい」

これまでも、部長のこういうシーンは何度か見てきたが、若くして出世してしまうのも大変なと思った。

特にこの支社には、鷹崎部長と同期の課長はいても、部長はいない。その課長だって、相当なスピード出世だし、大概は部長の年ならよくても係長クラスだ。

それを言ったら、吉原課長だってまだ四十前のはずだし、産休育休を経た上での課長なら、出世コースのはずだ。

とはいえ、ここが超えるに超えられない男女の壁なのだろう。

どんなに平等を訴え、また会社がそれに対応したところで、同じように仕事ができるかと聞かれたら、それは難しい。

近年、男性も育児休暇が取れるようにはなったけど、それとこれはやはり違う。

男性にはない人生の岐路や選択が、女性には多いということだ。

でも、だからこそ俺たちが生まれる。性別がどうこうではなく、誰もがお互いがいたわり、支え合えたら、それに超したことはないんだろうな。

『あ!』

――――なんて思っているうちに、吉原課長が鷹崎部長を誘って隣の席に腰をかけた。

今にも膝と膝がぶつかりそうな距離感に、俺の胸がギュッとなる。

「それより聞いたわよ。今朝の働くママ社員たちの話。うちの子たちが羨《うらや》ましいって口々に言うものだから、部長がすねちゃって大変よ」

「それは、すみませんでした」

「やだ、勘違いしないで。悪影響だって言ってるんじゃないのよ。むしろ、その逆。うちの部長にも、鷹崎部長を見習ってほしいぐらいだからね」

俺は、やり場の無い感情から、持っていた鞄を抱きしめた。

だったらこの場から消えろよという話だが、それもできずに立ち尽くしてしまう。

吉原課長から見たら、さぞ気の利《き》かない男だろう。

まったくそんな顔もしていないし、俺を邪魔にもしていないし、むしろ時々俺を見てニコッと笑ってくれてるけど。

俺からしたら、それが〝魅力的な女性が持つ余裕〟に見えてしまう。

シングルマザーとはいえ独身女性だし――――、もやっとする。

「何せ、子供が無事に大学を出て、開放的なのかもしれないけど。それもすべて俺が稼いできたおかげ。家事や育児の主婦業なんて、男の仕事の比じゃないだろうって、真顔で言い放つタイプだから。我が部の男性陣もそれに感化されちゃって、扱いにくいったら」

しかし、吉原課長は普通に自然に話を続けるだけだった。

俺は第二営業部の部長の顔を思い浮かべた。

確か、あと一、二年で定年を迎える亭主関白《かんぱく》世代だ。

俺も入社したての頃に声をかけられて、

〝いやー。君の家じゃ、ゆとりもへったくれもなさそうだよな。そういう意味では、期待してるから頑張れよ！〟

本気なのか嫌味なのかわからない激励をされた記憶がある。

その時は素直に受け止め「ありがとうございます！　頑張ります!!」って答えたけど、渋い顔を返されたことを考えると、嫌味寄りだったんだろう。

まあ、ＣＭ出演以来、本気のニコニコで挨拶してくれるようになったけど！

「でも、それより何より問題なのは、女同士。子持ちと既婚者と独身者の小競《こぜ》り合いが絶《た》えなくて、本当に頭が痛いわ。同じ女同士なのに、どうしてこうも第一営業部とは違うのかしらって思ったら、今日の話でやっと理解できたの。鷹崎くんの存在効果って絶大なのよ。あ、もちろん兎田くんもね」

「え!?　ええ？」

やっぱり退散しておけばよかった。吉原課長は俺にまで話を振ってきた。

しかも、貴方《あなた》も傍に来て、と手招きされてしまって…。

俺は、オロオロしつつも鷹崎部長と吉原課長の間に立った。

向き合うように並んで座っていた二人が、自然と俺のほうを向いたから、そこはまあいいかな…だけど。

「だってほら。家事や育児に理解があって、本人たちも現在進行形で奮闘中。そういう男性から〝大変だよな〟〝お互いに頑張ろうな〟って言われたら、自然にクールダウンするしヒステリックも治まるわ。それどころか、私も頑張らなきゃって気持ちにもなる。なのに、これが育児は全部奥さんにお任せとか、気まぐれに育児を手伝ってイクメン気取りの男性に、あーでもない・こーでもないって言われたら、逆に腹が立つもの。火に油を注ぐようなものでしょう。だったら黙っててよって感じで」

しかし、日頃の鬱憤《うっぷん》がたまっていたのは吉原課長も同じだったらしくて、完全に立場を忘れて愚痴《ぐち》っていた。

「鷹崎部長」呼びが「鷹崎くん」になっていた当たりから、「もう、やってられないわ」感がにじみ出ていたけど、入社二年目程度の俺にまで愚痴るってよっぽどだ。

でも、それもそうだよな。仕事と育児の両立だけでも大変なのに、役付となったら気苦労が違う。

ましてや、お兄さん夫婦が他界したためにきららちゃんを引き取って育てている鷹崎部長や、母さんの他界もあって弟たちの面倒を見ている俺とは、周囲からの見られ方が違う。

はっきり言って、いい意味での同情され方が大違いだろう。

「――――でね、本題。相談というか、お願いなんだけど」

ただ、そう言って姿勢を正したときには、ちゃんと一課の上に立つ責任者の顔になっていた。吉原課長からの相談とお願いは、部署の壁を超えた育児中のパパ・ママの懇談会を開きたいということだった。

シングルかどうか別として、我が社内にも子育て中の社員は多いから、情報交換をしたり、日々の苦楽を分かち合うことで交流を深め、少しでも抱えている悩みやストレスの軽減になればということだ。

この辺りは周囲の一部だけを見ているわけではない。社内全体を見ているところが、吉原課長の視野の広さだとわかる。

彼女もまた、素敵な上司であり、人生の先輩だ。

「もちろん。忙しいのは承知の上よ。でも、そこを言い訳にしていたら、何も解決はしないことがたくさんあると思うのよ。私自身にもだけど」

鷹崎部長は、「わかりました。できる限りでよければ協力します」と返事をしていた。

それを聞いた吉原課長は、

「ありがとう。じゃあ、詳細はまた今度」

かなり安堵した表情で、その場から去って行った。

その後ろ姿からは、実はまだ仕事が残っているというのがありありとわかるほどの忙しさが感じられた。

けど、それでも俺の気持ちの中には、もやっとしたものが残った。

小さいな、俺――――。

「部長。大丈夫なんですか？」

いかにも心配そうな聞き方はしたが、俺の心の中ではドス黒いものが漂っていた。

本心を明かすなら、家事・育児に関しては、俺だけが鷹崎部長の相談相手でいたい。

他の人となんか苦楽を分かち合ってほしくない。

そうでなくても、それ以外ではなんの役にも立てないんだから、よってたかって俺の聖域を奪うなよ！　だ。

自分でも嫌になるほど心が狭くて、ガッチガチな独占欲の塊《かたまり》だ。

「心配するな。あくまでも〝できる限り〟の話だ。これでも自分のキャパはわかっている。そもそも兎田に頼っている分際《ぶんざい》で、これ以上は何も背負えないことぐらい承知しているからな」

そんな俺の心情を知ってか知らずか、鷹崎部長は俺に向かって「ちょっと座れ」と目で合図してきた。

俺が差し入れたコーヒーを飲みながら、小声で話し続ける。

「ただ…。育児も仕事も思うようにならないことへの苛立《いらだ》ちは、よくわかる。一つが崩れると、すべてが崩れ始めて、収拾が付かなくなるのも経験済みだ。子供が可愛いとか、好きとか嫌いとか、そういう域の話じゃなくなる。それこそ、あらゆることから逃亡したくなって、どう頑張っていいのかもわからなくなるし。兎田には軽蔑《けいべつ》されても不思議のない感情だが、俺にもそういう時期があった。それこそ、日曜の朝にテレビを壊したくなったほど。頼むから寝かせてくれって、そういう時期もな」

俺は、ただただ鷹崎部長の話に聞き入った。

疲れ果てた休日の朝に、にゃんにゃんアニメのオープニングでたたき起こされるのは、さぞ辛《つら》いだろうし、腹も立つだろう。

きららちゃんに罪はないが、歌に踊り付きのにゃんにゃんだ。多分、父さんでも疲れてテンパっているときなら、「うるさい」と言うかもしれない。

俺や双葉たちだって、それは同じだ。

きららちゃんが言うほど、鷹崎部長が思うほど、うちは天界じゃない。

「正直言うなら、一番テンパっていたときに、兎田との距離が近くなった。最初にきららを預けたときも、ダメ元だった。ただ、あそこで兎田に快《こころよ》く受けてもらえなかったら、俺は辞表を出していたと思う。それぐらい、仕事との両立に限界を感じていた。どっちの責任も重すぎて、こんなの無理に決まってるじゃないかって、逆ギレ寸前だったから」

――――でも、こうして当時の話を聞くと、俺は久しぶりに鷹崎部長の無精《ぶしょう》ひげ姿を思い出した。

何も知らない頃は、いつも機嫌が悪いし怒りっぽいし、闇金屋《やみきんや》みたいで怖いと思っていた。が、あれこそがテンパっていた証《あかし》だ。

きららちゃんのためだけに、大阪本社から東京支社に戻ってきた部長だ。会社には知り合いは多くても、父親としての知り合いは皆無《かいむ》だ。

たった一人で、慣れない育児に振り回されて、家事や仕事をしていた。

けど、子供は大人の都合には合わせてはくれないし、いきなり病気もすれば怪我もする。幼稚園に行かせていれば、お友達とトラブルも起こすし、些細《ささい》なことでも保護者が呼ばれるのもこの時期が多い。

鷹崎部長が、これじゃあ仕事にならないと自棄《やけ》になっても、仕方がない状況だ。

ただ、あのときにきららちゃんのお迎え要請と会社の緊急会議が重ならなければ、俺は鷹崎部長と今こうしていない。

それどころか、人の上司としても尊敬できる人をなくしていたかもしれないと知ったら、縁《えん》とか運に感謝するばかりだ。

一か八かで俺を頼ってくれただろう、鷹崎部長自身にも――――。

「本当に、あの状況を乗り越えられたのは、兎田のおかげだよ。何をどうしたら二人の生活が上手く回るのかわからなかった。そんなときに、有意義な週末の使い方を教えてもらって、つたないながらも軌道修正ができた。何よりきららが、人が変わったみたいに平日の生活でわがままを言わなくなって、機嫌がよくなった。たまに部屋をとっちらかしたまま片付けようとしないこともあるが、これじゃあ週末は大掃除だな～の一言で、すぐに片付けるようになった。これだけでもイライラしなくて、俺自身にも余裕みたいなものが生まれた。きららに声をかけて、抱き寄せて。頬や頭を撫でる回数も自然に増えたし、その分きららの笑顔もいっそう増えた。そして、その倍は俺自身も笑っていると思う。いいこと尽《づ》くしの連鎖だ」

鷹崎部長は、いつ誰が耳にしても違和感のない言葉を選んで、俺にいろんな気持ちを伝えてくれた。

こんな話題が出たからこそ、初めて知った鷹崎部長の本心もあった。

そういう意味では、吉原課長には感謝だ。

「まあ、こんな俺だからな。相談できる相手や話を聞いてもらえる場があるだけで、救いになるのは実体験済みだ。だから、できる範囲の協力は惜しまない。けど、無理をしないスタンスは貫《つらぬ》くから」

「わかりました。それなら安心です」

けど、こうして改めて話を聞くと、俺は自分一人で家事や育児はしたことがないことに気がついた。

もともとラブラブな両親がそろっているところで、最初は専業主夫だった父さんの手伝い。そして、十年後には父さんに代わって専業主婦になった母さんの手伝いだ。

おそらく最初は邪魔をしていただけかもしれないが、父さんも母さんもそうは取らずに「ありがとう」「嬉しい」「助かったよ」って、いつも笑って喜んでくれた。

両親同士も「さすがは蘭《らん》さんの子だね」とか「颯太郎《そうたろう》の血を引いてるからね」とか言って、お互いのことをいつも褒め合っていた。

しかも、それを見ていた双葉が両手放しに「ふたの兄ちゃ、すごい！」と拍手喝采《かっさい》。成功しても失敗しても褒め殺しだ。

だから俺は、家事や育児に参加することに対し、楽しさはあっても苦しさの類《たぐ》いを感じたことがない。

双葉が俺を真似て手伝うようになったらなったで、今度はお兄ちゃんぶって褒める。すると、「兄ちゃに褒められた！」と、喜ぶ双葉がまた可愛くて、テンションが上がることがあっても、下がることがない。

そういうのが双葉から充功、士郎たちへと連鎖していって、今の我が家があるような気がする。

けど、それらの言葉や感動がないまま、家事や育児をするとしたらどうだろうか？

黙々と、淡々と、それが当たり前であるかのように。

俺には想像しかできないけど、苦痛な気がする。

やっぱり些細なことでも、誰かが認めてくれるって、エネルギーになるから。

『ん？』

――――と、ちょっと考え込んでしまっていたら、なぜか隣にいる鷹崎部長からメールが届いた。

〝これだけは誤解するなよ。俺は子守がほしくて、お前を口説いたわけじゃないからな〟

スマートフォンを確認すると、俺のほうが誤解されていた。

〝もちろん、わかってます。ちょっと幸せすぎて、ぼんやりしちゃっただけです〟

声に出したいのをぐっと堪えて、慌てて返した。

それを見た鷹崎部長が、ホッとしたように笑う。

「ところで、部長。ハロウィンの仮装って、どんなものを用意するんですか？」

俺はこれを機に、話題を変えた。

「あ、そうだ。実はそれを相談しようと思って待ってたんだ。こんなのらしいんだが、わかるか？」

鷹崎部長がスマートフォンに、幼稚園から届いていたメールの添付画像を出して、俺に見せてきた。

なんだ、俺を待っててくれたんだと知っただけで、俺の機嫌は百倍ぐらいよくなった。しかも、スマートフォンを一緒に見るのに、腕と腕が触れあった。現金と言われようが、馬鹿と言われようが、もうウキウキだ。

自然と胸も熱くなって、破顔《はがん》していくのが止められない。

「そんなに難しくはないですけど、各自にオリジナリティを求められているところが、若干ハードルが高いですね。ようは、子供の要望を取り入れてってことなんでしょうけど」

添付画像に載っていたのは、去年のパーティーの様子だった。

これといった規定はなく、ハロウィンっぽければ、それでいいみたいな指定が一緒に書かれていた。

ただ、それを保護者の意向で決めるのではなく、あくまでも子供の意向で決めてくれと言うもので。そこさえ押さえていれば、手作りでも既製品利用でもＯＫだ。

最近では、百円均一のお店でもイロイロ売っているので、それらを上手く組み合わせて使えば、安価で簡単に仕上げられるというアドバイスもちゃんと載っている。

保護者の得手不得手も前提にした、本当に丁寧な説明書きだ。

ただ、それでも鷹崎部長には未知との遭遇《そうぐう》だろう。

俺でも〝スカート作り〟は、したことがないんだから。

「兎田から見てもハードルが高いんじゃ、俺にとっては棒を持たずに棒高跳びをするレベルだな」

「でしたら、俺が作りましょうか？　きららちゃんの希望に添って作る分には、制作者が保護者でなくても、問題はないと思うので」

俺は、ここぞとばかりに名乗りを上げた。

偏見かもしれないが、ズボンよりはスカートのほうが手間はないだろうと思ったからだ。

「大丈夫か？　助かるは助かるが、かえって大変じゃないのか？　俺には、その大変さささえ、わかっていないんだが」

「変に遠慮されるよりは、そのほうが嬉しいですよ」

「なら、甘えるぞ」

「はい」

俺と鷹崎部長は、スマートフォンを見ながら、ここぞとばかりにイチャイチャしてしまった。

〝俺以外には甘えないでくださいね〟
〝お前もな〟
誰かに聞かれたらまずい秘密の会話に関しては、そっとメールで送り合った。

6

園でのハロウィンパーティーが発覚してから、鷹崎部長は仕事の合間を縫って、月末休みを取るための微調整を始めた。

俺は、今更だけど〝部長職って何がメインなんだろう?〟と思い、たまたま帰り道が一緒になった課長と係長に聞いてみた。

俺のような平社員が、日頃何に気をつければ、一番部長たち(ここは係長や課長も含む)の足を引っ張らないのか。予定通り休みを取るのに支障にならないのかを、よかったら教えてくれませんか? って。

すると、課長たちは面倒がることもなく説明してくれた。

ただ、その内容は、俺が考えていた以上にハードだった。

他社はどうかわからないが、うちではまず第一営業部の営業方針の策定から始まり、部内に置いて必要とされるすべての事柄に関しての決定をする。年間計画から前期後期、細かくいうと月単位で見て、常に臨機応変《りんきおうへん》に微調整もかけるらしい。

それから、自身や幹部・経営陣の決定事項を俺たち部下へ伝達して、逆に俺たち部下からの要望や意見をまとめて、幹部・経営陣への報告や伝達もする。これが部長クラス以上で行われる、月曜の定例会議に直結してるのかな？

また、他部署との連携仕事を円滑《えんかつ》に進めるための調整やら、不具合が生じたときの補正。ようは、製作や企画、広報や工場なんかとの横の繋がりの潤滑剤《じゅんかつざい》役だ。

そして、部下の行動や仕事意欲の管理・育成。俺も一人の社員として、常にチェックされてるってことだ。

その上で、みんなが仕事をしやすい環境作りにその維持、改善などをするわけだが、これはもう言うことなしだ。もともと営業部なんていうギスギスしそうな部署の割に、根本的にみんないい人だ。鷹崎部長が来てから、話題に事欠《か》かないから、余計に仲良しだしね。

――――ということで、決して上座から部内を見守り、社員の能力査定をし、何かが起こるたびに尻ぬぐい（先方に行って即行謝罪だ）をしているだけではなかった。

俺が部長の仕事を知らなすぎたんだが、どれを取っても心労がかかりそうな仕事ばかりだ。

『中間管理職とはよく言ったものだな。人の身体でたとえるなら、全身を繋ぐ動脈・静脈を一手に引き受けているようなものじゃないか』

　ある意味、「ここ」が行き詰まったら、上も下も横もスムーズには繋がらない。課長や係長も大変だと思うが、部長クラスともなると別格だ。

　しかも、課長たち曰《いわ》く、

「それにしても、鷹崎部長のように気がつくタイプは、他人が見落としがちなところや、見て見ぬふりをするところまでしっかり見てしまうから、特に大変だ」

「ですね。こればかりは年相応なんでしょうけど、基本の目線が低いからかえって末端まで見えてしまう。課長や俺の仕事に踏み込むことはまずないですが、常に部内全員が視界に入ってるでしょうから、余計な気苦労もしてしまう。でも、それがあるから、些細なトラブルでも解決が早い。俺たちが一から説明しなくても、出した解決策に即ＯＫなり助言をくれるから、大事にならずに済んだことも多いですよね」

　――――なのだそうで。

「確かにな。そうでなくても〝部長〟と呼ばれる人材の中では最年少だ。気の休まる時がないだろうにな。仮に、俺が部長の立場だったら、出世や給料とは引き換えられないぐらい針のむしろだ。胃がいくつあっても足りないし、これが遣《や》り甲斐《がい》だと思えるかどうか」

「課長でそうなら、俺なんて…。部長とそんなに年も離れてないですからね。想像しただけで、胃に穴が空《あ》きそうですよ」

――ああ、だから第一営業部に限っては、他部署よりも課長や係長が部長に対して協力的なんだなと、よくわかることまで話してくれた。

「本人の人柄や能力もリスペクトしているが、それ以上にあのタフさには憧れさえ抱く。俺が運良く部長になれても、三役に食ってかかるなんて絶対に怖くてできない。だいたい若くて仕事ができる上に男前とか、もう卑怯《ひきよう》だろう」

「同性としての嫉妬を超えたところに芽生える忠義心って、こんな感じなんでしょうね」

それこそ俺が羨ましくなるくらい熱く、意気揚々《ようよう》と。

俺としては、すごく嬉しい内容だったけど、同じぐらい複雑だった。

「課長と係長って、実は部長が大好きなんですね」

「まあな。なんていうか、鷹崎部長は年下だけど、男が惚れる男なんだよ。ね、課長」

「そうだな。いずれ兎田にも、こういう感覚が芽生えるときがあると思うが。仕事で自分がついていきたくなる相手に出会うと、それまでにはなかった高揚《こうよう》みたいなものが起こるんだ。そうすると、それまで見えていなかった自分の属性や適性が見えてくる」

「そう。使い上手なのか、使われ上手なのか。人の上に立つタイプなのか、それとも押し上げるタイプなのかってね」

じわじわと湧き起こる嫉妬から確認をしてしまったが、二人ともまったく否定しなかった。余計に盛り上って、かえって煽《あお》ってしまっただけだ。

『うわっ。本当に好きなんだ。普段と顔が違うよ。二人とも、部長対談で二日三晩盛り上がれそうなぐらい楽しそう！　何か、ここだけ勝てる気がしない！』

ようは、サラリーマン社会も戦国時代の主従関係と似ているのだろう。

これぞ我が殿という相手に巡り会ってしまうと、そこで自分が布石《ふせき》になる人材だと腹が据《す》わる。どんなに出世欲があっても、この男は踏み台にできない。

むしろ、この手でのし上げて、自分も一緒に出世しよう。天下を取ろうという、それまでにはなかった感情や選択が出てくるんだろうな。

そして、それは鷹崎部長の仕事を一番近くで見てきた課長たちだからこそ、生じるのも早くって――――。

「いやさ。今だから言えるけど、兎田がハッピーマーケットでやらかした件があっただろう。あれって本来なら、俺がまず管理不足だって怒られても不思議じゃないんだよ。いくら部長が同行していた仕事とはいえ、お前の直属の上司は俺だ。あの日も最終確認をしてから、お前を送り出さなきゃいけなかったのに、するっと忘れて行ってらっしゃいをしちまったんだから」

話の勢いに乗じた係長は、今や社内で伝説になりつつある俺の大失敗（得意先にプレゼン資料と間違えて、双葉の学園祭の企画書と士郎作の食育に関する論文を持参した！）の、後日談的なことを苦笑しながら教えてくれた。

「けど、部長はそのことにはまったく触れなかった。お詫びに行く際、専務を同行したときにも、すべて自分のミスだと言って一人で頭を下げた。その後に俺が謝罪に行っても、これに関しては俺の責任だから気にするな。それより兎田のフォローを頼む。相当怒ったし、脅《おど》かしたから、申し訳ないがって頭下げてきてさ…。もう、敵わなかったよ。いろんな意味で」

鷹崎部長らしいと言えば、鷹崎部長らしい対応だ。

あのときは俺にも「怒りすぎた」と謝ってくれたし、誰に対しても態度が一貫しているからこそ、本当に今の関係が生まれたんだろうと、俺も思う。

「あと、あれも印象的だったよな。鷹崎部長の転任早々、工場長から生産ラインの故障で遅れが出た。今日の納品分を一日ずらせないかって、あり得ない相談を振ってきたやつ。俺が慌てて報告したら、即行で工場に行ってくれて」

そのあとは、課長が直接立ち会ったトラブルのことも教えてくれた。

こんな話は聞いたことがなかったから、部内でも課長たちしか知らなかったのかな？

というよりも、生産ラインの故障なんて一大事件が部内で話題にならないはずがないから、公《おおやけ》になる前に解決したんだろうけど――。

「すでに遅れが出たものは仕方がない。先方への謝罪は自分が責任を持ってどうにかする。だが、これはそれで済む話じゃない。俺も辞表を出すから、あんたも今すぐ書いて出せって、真顔で工場長に迫ってさ。実際、自分の胸ポケットから正真正銘の辞表を出して、突きつけて。そこから先は、懇々《こんこん》と説得タイムだよ」

でも、これは聞いているだけで胸の痛い話だった。

辞表なんて、急に出てくるものじゃない。

部長職に抜擢《ばってき》された鷹崎部長が、それほどの覚悟を胸に秘めて仕事に当たっていたか。もしくは、すでにその頃から育児と仕事の両立に不安を感じていたってことだ。

俺は息を飲んで、続きを聞いた。

「創業百年近い本社・支社の社歴を遡《さかのぼ》っても、納期を遅らせたのは、災害時に交通機関が止まったときだけだ。天災時にだって、必ず各工場には商品の備《そな》えがある。それぐらい代々の仕入れ担当も工場長も遅れや不足を出さなかったし、営業も納期を守ってきた。創業十年、二十年の会社とは、背負っているものが違うんだ。本当なら辞表一枚でも足りないぐらいだと説明されて、大の男が半泣きだよ。俺もその場で辞表を書かなきゃって思ったぐらいだ」

その場のやり取りを想像しただけで、俺のほうが泣きそうだった。

話の行方《ゆくえ》をすでに知っている係長でさえ、途中でクッと唇を噛みしめた。

課長も真剣そのものだ。

「そうしたら、さすがにこれ以上はやばいって、工場長も追い詰められたんだろうな。実はラインの遅れは嘘だった。新任部長が来たと言うので、対応を試しただけだと、管理者連中と一緒になって吐露《とろ》をした。本当、あのときばかりは殴ってやろうかと思ったし、実際部長に止められなかったら殴ってた。けど、鷹崎部長は俺を宥《なだ》めて辞表をしまうと、それならいいです。予定通り納品してくださいって言って、終わらせた。これにはその場にいた全員がポカンだ。ふざけるなって怒鳴られても文句は言えない内容だし、鷹崎部長の暴れっぷりは新人時代から有名だ。本社で磨きをかけてきたって話なら、誰でも知っていたから、逆にその場が凍り付いたぐらいだ」

とはいえ、こんな洒落《しゃれ》にならないことを大の大人が、それも生産現場の管理者たちがやらかしたのかと知ったら、俺は言葉もなかった。

どうりで、話題にならなかったわけだよ。こんなの話題にできるわけがない。

たとえ鷹崎部長が許したって、俺たちが許せない。

　いや、うちの支社長だったら、ゴミ箱蹴って〝おのれは何しとんのや！〟って、怒っただろう。それぐらいひどい内容だ。

　工場側が箝口令《かんこうれい》だったのは当然だろうが、鷹崎部長が課長たちと沈黙を決めたのは、内容が馬鹿すぎるからだろうと、俺でさえ思ってしまうレベルだ。

　今だって、俺が聞いてしまってよかったのかと思って、心臓がバクバクしてきた。

「結局工場側はさ…。戻ってきたばかりの部長を困らせて、どうにかならないかと頭を下げさせたかった。今後のやり取りのためにも、貸しを作って恩を売っておきたかっただけだったんだよな。でも、そういうところまで部長はお見通しで。俺が帰りがけに、〝どうして怒らなかったんですか〟って食ってかかっても、〝あそこで怒ったら、逆に貸しにならないだろう〟って笑ってた」

　もちろん――――聞けてよかったと思う。

　俺からの視点からじゃ、永遠に見えない出来事だし。部長が自ら武勇伝のように口にするような内容でもない。

「それに、本音を言うなら顧客に迷惑さえかけなければ、どうでもいい話だ。これに懲《こ》りたら工場の連中も、冗談の種類ぐらいは選べるようになるだろう。そもそも年季の入った職人集団が、あっさり納期に影響を出すなんて考えられない。そんなことは、自身のプライドにかけてしないだろうって、はっきり言われて――――。なんか、もう。そこで俺はハートを射貫かれたんだよな。あんなとぼけた工場長たちが、仕事では信頼されてるのかよって、変な嫉妬まで湧き起こって」

そもそも鷹崎部長は、自身の仕事に関しては軽々しく話す人ではない。

そこは公私の隔《へだ》てがはっきりしている。

上司の一人、先輩の一人としてならアドバイスもくれるけど、第一営業部部長としては誰にでも平等だ。上座に座る鷹崎部長の視界の中では、俺もたくさんいる部下の一人だ。けど、そこが徹底しているから、課長もこんな話をしてくれたのかもしれない。

もちろん、ここだけの話は、俺も絶対に厳守だ。

それは言われなくても、暗黙の了解だ。

「――――ただ、だからこそ一度見せられた辞表が重かった。やばい。この上司は、俺がミスったら潔《いさぎよ》くいなくなる。工場長だから一緒にやめろって言われたんであって、部下の俺がやらかしたら、確実に身代わりになって消える。そう思えたから、まずは気持ちを引き締めた。こんな高揚と緊張感は入社以来初めてだった」

鷹崎部長への愛を語り終えた課長は、なんだか気持ちがよさそうだった。

おそらく今の俺の気持ち（嬉しいけど、もやっ！）が理解できるのは、課長の奥さんだけだろう。

「よくも悪くも思い切りがいい部長ですからね」

「まあ、そこは俺たちが言わなくても、ここって時に庇ってもらった兎田のほうがわかってるだろうけどな」

そうして話が俺に戻ってきた。

ああ、そうか。だから課長たちは、こんなにいろいろ話してくれたんだ。

すでに俺が鷹崎部長信者の一人だって、これに関しては自分たちの同胞《どうほう》だって認めてくれていたんだ。

「はい」

俺は、もやっとしたのが相当減って、気持ちよく返事ができた。

課長や係長が相手なら、鷹崎部長への愛（もちろん仕事上のだけど）を語っても、許されそうだと感じて、その後は笑顔で別れた。

『部長のことは兎田のほうがわかってる…か。絶対に意味が違うだろうけど、他の人からそう言われると、やっぱり嬉しいな。もっと理解できるようになりたいし、頼ってもらえるようになりたい。何より、俺だけに甘えてほしいから、頑張らなきゃ！　まずは、きららちゃんの衣装作りからだ。よし！』

気持ちも新たに、自分に活《かつ》を入れた。

＊＊＊

そうして迎えた週末の土曜日。鷹崎部長は休日出勤をしていた。

月末までにはまだ十日あるが、代休調整の追い込みだ。

やはり、立場上いつ何が起こっても、必要な対応が取れる手配だけはしておきたい。そのため、きららちゃんは幼稚園内にある保育施設に預けて出勤をすると言って。

けど、そこは俺が反対をした。

部長の仕事中はうちで預かればいいだけだし、何より俺にはきららちゃんとハロウィン衣装の打ち合わせがある。もともと土曜の午後には家に来て一泊予定だったし、俺が一足先にきららちゃんを連れて帰ればいいだけですから！　って。

まあ、俺が金曜の夜に向こうに泊めてもらって、土曜の朝にきららちゃんだけを家に連れ帰るって方法もあったが、あえて金曜の会社帰りにきららちゃんを迎えに行った。

部長は「俺を一人にするのかよ」って、わざとむくれて見せたけど、何ヶ月に一度もない数時間なんだから、俺としては一人の時間も堪能してほしかった。きららちゃんが寝付けば、イチャイチャできたかもしれないけど、時としてそれより優先してもいい時間があると思ったからだ。

もちろん。部長のことだから家でゆっくりなんてしないだろうし、持ち帰った仕事か家事で終わってしまうだろう。

それでも自分だけのペースで動いて、思うように過ごす時間は掛け替えのないストレスフリーだ。トイレとかお風呂とか、なんてことない日常を子供のペースではなく、自分だけのペースでって、定期的にあっていいと思うものだから。

だって、俺でさえ朝の電車の二本分、ちょっと早く出ることで得る休憩室でのコーヒータイムが気晴らしになるんだから、鷹崎部長にも……って。

ただ、運がいいのか悪いのか。こういうときに限って、部長はカンザスに戻った獅子倉《ししくら》部長にスカイプで捕まった。

なんでも、にゃんにゃんエンジェルズの設定で、わからないところがあるから解説してほしいという話だったようだ。

深夜になって、〝結局俺は、にゃんにゃんからは逃れられない運命だ〟とメールしてきたのが、すごく微笑ましかった。

それでもきっと、お酒でも飲みながらのんびりと解説できただろうから、気晴らしにはなっただろうと信じたい。

一方俺は、弟たちときららちゃんにも手伝ってもらい、日中は買い物や掃除・洗濯・総菜作りに奔走《ほんそう》した。

夕飯は父さんが作ってくれることになったので、その間にきららちゃんと衣装の話をして、イメージを固めた。

「そっか！　にゃんにゃん風の魔女っ子ドレスも可愛いね。そしたら猫耳も付けちゃう？」

「本当！　嬉しい！」

「でも、あんまり期待しないでね。俺だといつも衣装をくれる父さんのお友達みたいには、綺麗にできないから」

「きららはウリエル様が作ってくれるのが一番嬉しいよ」

「ありがとう」

足りないものは百円系の既製品で補えそうだった。

猫耳やそれ以外でも、これまで父さんの仲間が作ってくれたコスプレや小道具があるので、一週間もあれば作業的にも問題ない。

「で、きららちゃんはパパに、どんなカッコしてほしい？」

「サタン様！」

「やっぱりそうくるか〜。でも、部長は全身黒づくめの服とか、持ってるかな？　あれば、それっぽくできるかもしれないけど」

ただ、部長にもきららちゃんにも申し訳ないが、俺の興味の大半は〝保護者の仮装〟に向いていた。

きららちゃんに聞けば、絶対に「魔族の王・サタン」を指名するのは想像が付いていたが、本音を言うならこれこそ父さんのお仲間に仕立ててほしい衣装だった。

漆黒の衣装に漆黒の翼。漆黒の瞳に漆黒の長髪。

美少女アニメの麗しの敵ボス様なんて、相当倒錯《とうさく》めいているけど、絶対にカッコいいし、似合うし、先生もお母さんたちも悲鳴を上げて歓喜するに決まってる。

そして、どうしてかこのキャーキャー妄想には、俺の嫉妬は起こらない。それほど部長サタンへの興味と好奇心のほうが、俺の中でもダントツということだろう。

「ねぇ、父さん。これって、いつもお世話になってる衣装系のお仲間さんに相談とかできるかな？　私服にちょっとしたアイテムの買い足しで、それっぽく見せる方法とかがあったら、教えてもらいたいんだけど」

だからといって、俺はこの期《ご》に及んで、相当卑怯な手段に及んでいた。

既製品でもどうかと思うのに、原作アニメの衣装デザイン担当さんとか、制作さんに直々《じきじき》に聞こうとするなんて、父さんの職権濫用だ。

自分の願望全面押しでコネに縋《すが》るなんて、強欲傲慢きわまりない。

しかし、父さんは笑って答えてくれた。

「なら、あとで聞いておいてあげるよ。多分、喜んでアドバイスしてくれると思うよ。前にきららちゃんの写真を送ったときに、一緒に映ってた鷹崎さんを見て、ガチ・サタン降臨《こうりん》！　って、大盛り上がりしたらしいから」

「ありがとう！　じゃあ、よろしくお願いしまーす」

俺は胸中でガッツポーズを取った。

『やった！　イケメンは正義!!　もしかしたら鷹崎部長は真っ青になるかもしれないけど、これは日頃お世話になっている幼稚園の指示で、可愛い娘のきららちゃんの希望だから、仕方がないよな！』

極力本心は顔に出さないようにして、きららちゃんに「パパのサタン衣装、どうにかなりそうだよ」って伝えた。

「うわぁい！　パパサタン！」

当然きららちゃんは大喜びだ。このさい俺の分まで喜んで！　だ。

「ひっちゃ。なっちゃもー」

「ん？　七生もハロウィン仮装したいのか？」

「あいっ」

「そっか。なら、何か作ろうか。パンプキンパンツとか可愛いかもな」

「きゃーっ。パンプパンプ！」

　不思議なもので、きららちゃんが来ているときの我が家のちびっ子軍団は、ご機嫌かつ大人しい。

　樹季も張り切って武蔵の相手をするし、武蔵も跳んだりはねたりが日頃の五割減だ。

　七生の甘えっぷりはいつも通りだが、変にぐずる度合いは激減する。

　女の子が一人いるだけで、なんとなく穏やかな空気が増すのかもしれないが、俺や父さんが「こら」とか「静かに」とかって言う回数もグッと減る。

　鷹崎部長も言ってたけど、週に一度のお楽しみがあるだけで、ちびっ子たちも生活にメリハリが付いているのかもしれない。

　こういうのが、相乗効果なのかも――。

「あ、えったん。わんわんよー！」

「寧くん。エリザベスが甘えた声で吠えてるから、きららパパだよ」

「わーい！　きららパパだ！」

そうこうしているうちに、仕事を終えた部長が到着したようだ。

樹季と武蔵と七生にきららちゃんが、ドタバタと玄関へ向かう。

「きららちゃんパパ、お帰りなさい！」

「パパ、お帰りなさ〜い！」

「きららパパ、お帰り！」

「きっパー。ちゃーいっ」

ドアの鍵は樹季が開けて、ちびっ子たちが鷹崎部長を出迎える。

そういえば、いつから樹季や武蔵の「いらっしゃいませ」は「お帰りなさい」になったんだろう？

俺と一緒の帰宅なら「お帰りなさい」はごく自然だけど、今日は部長一人だ。

きららちゃんに合わせた感じもなく、そういう感覚になっているところが、嬉しいやら恥ずかしいやら照れくさいやら。

しかし、それは部長自身も感じたみたいで、ちびっ子たちに「ただいま」と返事をするも、ちょっと躊躇《ためら》いが見えた。

挨拶として言ってはみたものの、かなり照れくさそうな目をしている。

「お帰りなさい、部長。お疲れ様でした。仕事ははかどりましたか？」

俺も、ここぞとばかりに、ちびっ子たちに便乗《びんじょう》した。

玄関まで迎えに出ると、意識して「いらっしゃいませ」とは言わなかった。

これだけで心拍数が確実に上がる。

「ありがとう。どうにか調整が付きそうだよ」

「それはよかったですね。あ、お風呂沸いてますから、使ってください。きららちゃんはもう済ませているので、あとは食事をして寝るだけです。多分、出てきた頃には夕飯になるので」

部長の手から鞄を受け取ったきららちゃんが、樹季たちとワイワイしながらリビングへ向かった。

「何から何まで申し訳ない」

「そこは気にしない約束です。あ、上着を。和室にかけておきますから」

「ありがとう」

ふとした瞬間に訪れる二人きりの時間。それは数秒足らずでも、甘くて熱くて幸福だ。

俺は、部長が脱いだスーツの上着を受け取っただけで、気持ちがふわふわした。

お風呂場は玄関脇にあるので、そのまま洗面所兼脱衣所に見送る。

「もはや週末婚だな。子連れ婚家庭でも見ているみたいだ」

丁度上から下りてきた充功が、笑うに笑えない顔をしてぼやいた。

その後ろには双葉もいて、「おい」と充功を小突くも、頬が赤い。

「充功。双葉…」

俺の兄としての立場は木《こ》っ葉《ぱ》微《み》塵《じん》だ。

余計に手にした上着へ意識してしまって、顔が火照《ほて》る。

「それでもまだ、父さんたちのラブラブよりはマシ…!?」

「すまない。着替えを持っていなかった」

すると、肝心なことに気づいた鷹崎部長が、ネクタイとシャツの第一ボタンを外したところで、脱衣所から出てきた。

「…あ、今晩は。お邪魔してます」

「はい」

「どうも、いらっしゃいませ」

さすがにここは、ただいま・お帰りにはならなかった。

それより軽く会釈した鷹崎部長に対して、なぜか充功と双葉の態度がぎこちない。

「?」

部長も二人の異変に気づいて、戸惑い気味だ。

『どうしたんだろう。…あ!!」

だが、充功や双葉が固まった理由がすぐに判明した。鷹崎部長のシャツの胸元に、口紅の跡が付いていたからだ。

「あっっっ、あのさ、寧」

「寧兄さん、ちょっといいかな！」

一瞬にして俺の顔つきが変わったのだろう。充功と双葉がうろたえ始めた。

明らかに、一度俺を鷹崎部長から引き放そうとして声をかけてくる。

しかし、ここで見て見ぬふりができるほど、俺は大人じゃない。半分怒って、半分いじけた状態で、鷹崎部長の胸元を指さした。

双葉と充功が息を飲む。

「部長、あの、これ……」

「え？　あ！」

部長も自分で驚いていた。

どうやら今の今まで気づいていなかったらしい。

けど、問題はそこじゃない。鷹崎部長が今日は行きも帰りも愛車通勤だってところだ。

よくある満員電車が大きく揺れて「あ！」とかって展開はなかったはずだ。

そしたら、どこでどんな女性とこんなことに!?

もう、わぁーっっっ!! だ。

「そうか。そういえば会社で…」

いつになく狼狽《うろた》えながら、鷹崎部長は一日の記憶を三倍速で思い起こした。

説明によると、社内の階段を駆け上がっていたとき、丁度下りてきた吉原課長が声をかけてきた。その拍子に足を滑らせ、降ってきたのを助けたそうだ。

ただ、これが九時以降のドラマにありそうな「あ!」「どきん」みたいな状況ではなかった。急なことすぎて踏《ふ》ん張《ば》りが利かず、一緒に踊り場まで落ちてしまって、鷹崎部長は背中とお尻を打撲《だぼく》。吉原課長は鷹崎部長の胸板に鼻の頭を打ってしまったらしくて、二人揃って医務室行きになったらしい。

とりあえず、軽傷で済んだけど。

だから、口紅はそのときに付いてしまったのだろうという話だが、俺の唇は尖ったままだった。

『口紅じゃなくて、鼻血だったらよかったのに』

本当なら真っ先に鷹崎部長の体調確認しなきゃいけないのに、最低なことが頭によぎった。

『いや、違う！　やんちゃ盛りの男兄弟の鼻血じゃないんだから、そんなことになっていたら、もっと大変じゃないか！』

一応すぐに反省はしたものの、自分のがさつさと腹黒さに嫌気がさす。

でも、これって鷹崎部長だから「偉い目に遭った」感覚だけど、吉原課長は「きゃっ」「きゅん」感覚だったかもしれない。

そうでなくてもシングル同士の美男美女で、お互い境遇を理解できる者同士だ。

ちょっとぐらい吉原課長が年上であっても、そんなのまったく問題無しだし、姉さん女房が上手くいってる実例なんか、我が家には山とある。

何より、月曜からしばらくは、「この前の打ち身はどう？」「よくなった？」とかって、二人だけの話題が有効だ。

完治《かんち》した暁《あかつき》には、それを理由にご飯とか誘われるかもしれないし、その後は子供付きでデートになっちゃうかもしれない。

そう考えたら、やっぱり俺の脳内は修羅場状態で――――。

『うわーっ!!　ひどいよ、部長。そんなことになったら、俺が勝てるわけないじゃん！』

俺は双葉たちが固唾《かたず》を呑むぐらい、テンパってしまった。

自分ではわからないが、どす黒いオーラでも撒き散らかしているかもしれない。

「ごめん！　寧。ちょっと、鷹崎さんに車を出してもらって、買い物行ってきてくれないかな。明日の朝の牛乳が足りないみたいで」

いつの間にキッチンにいたはずの父さんにまでバレたのか、むちゃくちゃなフォローをされた。

だって、うちからコンビニまでは徒歩三分だ。牛乳は今日買ったばかりで、開封前のが六本もあるのに、財布まで渡された。

「あ、寧兄。悪い、俺も…。これ、隼坂に返すの忘れてたから、ついでに届けてきてよ」

しかも、こういうところは父さん譲りのＤＮＡだ。

双葉が、右に倣《なら》えで持っていた英語の辞書を渡してきたが、これはもともと俺のお下がりだ。裏表紙に兎印《うさぎじるし》も書いてある。

「あ、俺も。このレンタルＤＶＤ、返してきて！　ついでに、代わりの借りてきて!!」

そのアニメだって買い物帰りに今日借りたやつで、まだ観てない。食後にみんなで観ようって言っていたから、持って下りてきたんだろう？　充功!!

「じゃ、じゃあ行こうか、兎田。すみませんが、きららをよろしくお願いします」

「はい！」

「任せといてください！」

「あ、鷹崎さん。江文付けて悪いんですけど、ＤＶＤは厳選してくださいね。二時間、三時間悩むぐらい面白いのでお願いします」

「わ、わかった」

もう、何もかもがぐだぐだだった。

鷹崎部長が俺の腕を引っ張って、半ば強引に家を出た。

ジーンズにシャツを引っかけた家着《いえぎ》に素足にサンダルという俺を愛車に押し込み、とりあえず二、三時間の旅に出る。

「すまない。何がすまないって、充功くんにまで気を遣わせてしまった。本当に申し訳ない」

なんにしたって、ワイシャツに口紅事件で、一番の功労者がまだ中学生だということが、俺だけでなく鷹崎部長も凹《へこ》ませた。

それでも小学生（士郎）が出てこなかっただけ、よかったかもしれないが……。

「嫌な思いをさせてしまって、ごめん」

車がどこへ向かって走っているのかはわからないが、鍵が俺の抱えていた上着に入っていてラッキーだった。

財布と辞書とＤＶＤまで抱えてきてしまったが、これほど今の俺の頭を冷やすアイテムはない。

「いえ。俺のほうこそ、ごめんなさい。こんなことで、やきもち焼いて」

俺も謝るしか術《すべ》がなかった。

他に説明のしようがないほど、何から何まで焼きもちを焼いた結果がこれだ。

「気づいていれば、着替えてきたんだが」

「それはもっと嫌です！」

「え？」

ただ、鷹崎部長に反省と対策を口にされて、俺は嫉妬や焼きもちではすまない感情があることに自分でも気がついた。

「そういう気遣いは、逆に悲しいです。隠されるよりは、これどうしようって見せられるほうがまだいいです。でも、それを言ったら、そもそも鷹崎部長自身が気づいていなかったんだから、勝手にふてくされた俺が悪いんですよね。本当にごめんなさい！」

そうだよ。俺がもっと明るく「これ、どうしたんですか!?」って聞いていたら、こんなことにはならなかった。

不可抗力《ふかこうりよく》で階段から落ちてしまった鷹崎部長や吉原課長の身体を一番に案じて、「それは災難でしたね」「二人とも大怪我しなくてよかったですね」って心から言えていたら、今頃みんなで楽しくご飯が食べられた。

「兎田」

「コンビニでお菓子でも買って戻りましょう。牛乳は六本あるからいらないし、辞書は隼坂くんのじゃなくて俺のです。充功のＤＶＤも今日借りたので、まだ観てないし。やっぱり、これを観ようよですみますから」

俺は、思い立ったが吉日《きちじつ》とばかりに、父さんたちに頼まれた用事の内容を説明した。

このまま引き返しても、特に問題がないことを伝えた。

「それに、今日もさららちゃんは、ものすごくいい子にして部長の帰りを待ってたんです。だから…!?」

しかし、鷹崎部長は車のハンドルを切らずに、そのままアクセルを踏み込んだ。

まだそれほど走っていないし、ここって家の裏山のふもとかな？

人気のない山道に入ると車を止めた。エンジンも切った。街灯《がいとう》の明かりもないこの場の頼りは、夜空に浮かぶ満月だけだ。

「部長？」

俺は少し不安になって、声をかけた。

部長は身体をよじると、ドライバーシートから身を乗り出して俺のことを抱いてきた。

頬や髪を撫でながら、いつもより強引なキス。

「んっ…っ」

正直言ったら、一週間ぶりのキス。

最後に部長の腕に抱かれたのは二人三脚だけど、キスは羽田の帰りの車の中だ。

こんなの、俺のほうが舞い上がってしまう。

「――――気持ちは嬉しいが、今は帰れない。兎田が可愛くて、愛《いと》おしくて、無理だ。もう、我慢の限界だ」

「ぶちょ…う。んっ」

せっかく冷静になれたのに、今度は頭どころか、身体中に血が巡る。

「こんなにお前がきららのことを思ってくれているのに、俺は兎田さんたちの好意に甘えたい。許されたわずかな時間に、お前のすべてを貪りたい。駄目か？　帰るか？」

心の中できららちゃんに「ごめんね」をしながら、俺は自分からも抱きついた。

「帰…れません」

「よかった」

ここでもらった時間の分、俺が感じる至福《しふく》の分、その何十倍も返せるように頑張るから、今だけパパを独り占《じ》めにさせて。

俺だけの鷹崎貴《たかし》さんにさせてって、思いながらキスをする。

『部長、大好き』

「兎…田」

夢中になって唇を舐め合い、舌を絡め合っていると、部長の手が俺の胸元から腰の辺りを弄《まさぐ》った。

ジーンズの前を寛《くつろ》げ、すごく性急だ。俺の下着に手をかけて、そのままジーンズごと下ろそうとする。

「腰を浮かせろ」

命令のような、懇願のような、甘美な台詞。

部長の迫った声色が鼓膜に絡んで、俺の背筋がぶるりと震える。

「っ…、部長っ」

「きららと一緒に風呂に入ったのか？　いい香りがする」

「はい。七生と武蔵も一緒に――――っ！」

戸惑いながらも従う俺の下着とジーンズは、あっという間に膝下までずらされた。

すると、現れた俺自身を見るなり、鷹崎部長が顔を伏せてくる。

今夜に限って特別綺麗に見える満月がまぶしい。

「お前のことなど言えないぐらい、俺は嫉妬深いからな。子供相手でも、想像しただけでこうしたくなる」

「やっ、いきなり…」

俺は、そこに吐息がかかっただけで、身体の芯から熱くなった。

それが、いきなり口づけられたら、もう駄目だ。両膝を閉じて鷹崎部長の肩を押す。

「黙ってろ」

「ひゃっ」

手をどかされ、ナビシートの背もたれをカクンと倒されて、俺は情けない声を上げる。

すると、部長が顔を上げた。

「いや、兎田のいい声なら聞きたいか。好きなだけ話せ。喘《あえ》ぎ声なら、もっといい」

「っっっ」

人気のないのをいいことに、普段は言わないようなことを言ってくる。

俺のに舌を這わせて、にやりと笑う。

これじゃあ、月夜に降臨してきたサタンそのものだよ！

鷹崎部長は月光さえ従え、艶《あで》やかな流し目を向けてくる。

『うっ!!』

見下ろされてもどうかと思うのに、やや見上げてくるなんて卑怯だ。

陰影《いんえい》の中で一際《ひときわ》輝く月のような瞳に射殺されて、俺はすっかり動けなくなった。

「兎田…っ」

シートに倒れたまま硬直している俺の名を呼び、鷹崎部長が愛撫を再開した。

こうなると俺は、子供たちに撫でられる子犬たちと大差がない。お腹を見せて服従どころか、全部丸投げで鷹崎部長のなすがままだ。

「部長…っ」

「足を…」

膝下で止まるジーンズが邪魔だと言い含められれば、自ら足を上げて取り去る手伝いもした。

突っ掛けてきただけのサンダルごと、下着もジーンズも足元に落とされて、俺は裸体にシャツ一枚だ。

車の中とはいえ外なのに――――。

誰かに見られたらどうしようと思うだけで、心臓が壊れそうになる。

「いい子だ」

でも、かなり身動きが取れるようになった足を褒められ、キスをされると、早鐘のように鳴っていた俺の鼓動の意味が変わった。

部長の形のよい唇や濡れた舌が膝から太腿へ這い上がり、改めて俺自身を含む。

丹念《たんねん》に、それでいて時折きつく締める愛撫に、俺は翻弄《ほんろう》されていく。

「あっ…っ」

自然と喘ぐような溜息が漏れる。

——気持ちがいい。

俺自身に体中の快感が集まることで、徐々に姿を変えていく。

「いいのか?」

「はい」

「なら、もっとよくしてやる」

この悦楽《えつらく》は誤魔化せない。

俺がコクリと頷くと、部長が嬉しそうに笑う。

それを目にしたら、もう——俺のほうが我慢ができない。

「部長も…」

すぐにでも一つになりたくて、俺から肩を掴んだ。

「ここまでほぐしたらな」

言葉と同時に陰嚢《いんのう》の奥を探られ、長い指が入り込んでくる。

「あんっ…！　そこは…っ、ぁあっ」

一番強く感じる前立腺《しこり》をこすられ、膨らみきった自身は口でしゃぶられ、俺は一気に上り詰めた。

そうでなくとも限界が見え隠れしていただけに、同時に責められたら終わりだ。呆気《あっけ》なく射精してしまう。

「んっ…、ぁ…っ」

一瞬とはいえ、すごい力が全身に入った。

しかし、それらのすべてが一点からすうっと抜けていく。

なんとも開放的で心地よく、摩訶不思議な感覚だ。

身体が軽くなったような錯覚さえ起こる。が、実際はだる重い。

「はぁっ。はぁっ。はぁっ」

自慰《じい》では味わえない絶頂感は、思いのほか俺から体力を奪った。

「いい具合に出たな」

俺の呼吸は更に乱れているのに、部長は口内で受け止めた白濁《はくだく》を手のひらに移した。

なんだかものすごく満足そうに笑った。

「も、部長っ…」

「ほら。すねる前に片足を立ててくれ」

自然と唇が尖っているのに、やっぱり言われるままな俺。

ドア側の足を軽く立てると、鷹崎部長が俺の密部に白濁を塗り込める。

「んっ…っ」

さっきよりも数段滑りがよくて、指通りが気持ちがいい。俺は、これだけでも二度目の絶頂に達してしまいそうだ。

けど、ここは絶対に我慢。だからこそ、早くと求めてしまう。

「これぐらいで大丈夫か？」

「はい」

部長が俺から手を放すと、本格的にドライバーシートからナビシートへ移動してきた。

おそらく普通車よりは幅が広いかなと思うシートだが、それでも大の大人の男二人が重なり合うにはかなりきつい。

どうするんだろうと思っていたら、普通に横たわる俺の真上に覆い被さってきた。

片手作業でベルトを外し、ホックを外し。その流れでファスナーを下ろして、自身を探るようにして引き出している？

俺からは月の逆光で見えないし、下肢でごそごそする気配でしかわからなかったが、多分そんな感じだ。

そして、鷹崎部長は軽く立てたままの俺の左足をすくい上げると、

「狭いから、きつかったら言えよ」

自身の感覚だけで俺の密部を探り当てて、ゆっくり中へ入り込んできた。

先端から中程まではジリジリと。

そして、そこから先は力強く奥まで押し込んでくる。

「あっ…、っ」

身体の中を押し広げられる圧迫感は、いつにも増して大きかった。

これって動きにくい車内での密着だからかな？

部長から直《じか》に受ける抽挿というか、摩擦《まさつ》というかは、いつもより穏やかなのに。

その分、かえってこれまでには感じたことのない容積が…、腹部への圧迫感に繋がっているみたいだ。

二人の腹部に挟まれた俺自身に、部長のシャツが時折こすれるのも、なんだか変に新鮮だ。

「部長っ…、あっ」

「いえ…っ。深くて…、ぁっ」

でも、これはこれで部長自身をはっきりと体内で感じられて、俺のボルテージは上がることがあっても、下がることがない。

時間の経過と共に、状況にも慣れてきて、俺は両手を部長の肩に回した。

きつく抱きしめることで、「もっと激しくしても平気です」って伝えたんだ。

すると、徐々に開かれていた俺の足、ドア側で立てていた左足を、鷹崎部長の腰のほうへ抱え込まれた。

「…?」

「足を俺に絡めろ。ぶつけるぞ」

「ごめんな…さい」

そう言われたら、このまま激しくされたら膝が窓に当たってしまいそうだった。

俺は、慌てて部長の身体を挟むようにして、膝を内側へ向ける。

「車のためじゃない。痣《あざ》でも作ったら、大変だろう」

俺の足を撫でながら、部長が笑う。

「あ。はい…」

「きついか?」

部長が心配してたのは、車の窓ではなく俺の足だった。

それがわかっただけで、嬉しくて仕方がない。俺は全身で鷹崎部長に抱きついてしまう。

『部長、好き』

「兎田」

思いが通じて、部長の動きが次第に激しくなってきた。

一つに繋がりながら、貪《むさぼ》り合うようにキスをする。

深くて、長くて、このまま月の光の中へ溶けてしまいそうだ。

「んっ…っ。部長っ…っ」

「――――っ」

そうして再び俺が絶頂へ登り詰めると、少し遅れて鷹崎部長も登り詰めてきた。

乱れた故郷を押し殺し、俺の額やこめかみを撫でながらキスをする。

「兎田。お前が好きで好きで堪《たま》らない」

どこからともなく、野犬の遠吠えが聞こえてくる。

「お前の、兎田寧のすべてが愛おしくて、本当に…きりがない」

秋の夜は長いのに、俺たちの夜はとても短く瞬く間だった。

しかし、その至福は何物にもたとえられず、頭上で輝く満月のように満ち足りていた。

さすがに三時間は気が引けた俺と鷹崎部長は、デートを二時間ほどで切り上げた。

近くのコンビニに寄って牛乳の代わりにお菓子を買い、相当照れくさかったが何事もなかったように「ただいま」と声を弾《はず》ませて帰宅した。

しかし、俺たちが家を空《あ》けたわずかな間に、思いも寄らないことが起こっていた。

「お帰りなさーい」

「みゃっ！」

「みゃ!?」

「え？」

なんと、再びエンジェルちゃんがきららちゃんの元へ戻ってきたのだ。

「沙也夏ちゃんのお母さんが、喘息《ぜんそく》発作で入院？」

「アレルゲンが…猫？」

父さんの説明によると、沙也夏ちゃんのお母さんは、結婚してから喘息を起こすようになった成人気管支喘息持ちだった。

これはアトピー性の喘息と違い、大人になってから発症するケースも多く、アレルゲンを特定できない非アトピータイプの喘息で、沙也夏ちゃんのお母さんもそう診断されていた。

おそらく環境の変化やそれによるストレス、風邪のこじらせなどが原因ではないかと言われたらしく、実際発症当時のアレルギー検査では非アトピーの結果が出ていたそうだ。

ただ、わかった限りは、日頃のケアはしっかりしていた。

たまに出る発作も軽度だったので、生活に支障が出るほどではなかったようだ。

それで、子猫も引き取ったらしいのだが――。

いざ、同居を始めてみたら、三日も経たずに調子が悪くなってきた。

今のような季節の変わり目は発作も起こりやすいので、それかと思い吸入や服薬の治療を試みるも、普段のように効かない。何かいつもと違うものを感じ始めた。

もしかして、猫が原因なのだろうかと疑ったときには、軽発作が突然大発作に変わって、呼吸困難に陥った。そのまま救急病院に運ばれて、即日入院となってしまい、慌てて沙也夏ちゃんのおばあちゃんが田舎から駆けつけた。

そして、詳しい話をお医者さんとし、今一度アレルギーの検査をしてみたら、今回は猫や花粉などのいくつかに反応した。

以前大丈夫だったものが、時と共にそうでなくなるケースもあるので、これればかりはどうしようもないとなったわけだ。

〝え!?　エンジェルちゃんがママの!?〟

こうした結果を踏まえた上で、沙也夏ちゃんはおばあちゃんと主治医に事情を説明されて、苦渋《くじゅう》の選択を強いられた。

事実、目の前で苦しむお母さんを見たこともあり、沙也夏ちゃんはかなり潔《いさぎよ》くエンジェルちゃんを手放すことを認めた。

〝ごめんなさい。ごめんなさい。でも、ママが死んじゃう…っ〟

本当ならおばあちゃんが引き取る話も出たそうだが、そこは最後の手段だ。

先日のやり取りがあったことから、まずはうちを訪ねた。

きららちゃんが改めてエンジェルちゃんを引き取れるかどうかはわからなかったが、とにかく一度聞いてみよう、相談してみようと思い、訪ねてきたのが小一時間前のことだったらしい。

「――――そうだったんですか」

「たった一週間の間に…。沙也夏ちゃんも大変だっただろうな」

ただ、本当ならきららちゃんは、沙也夏ちゃんが訪ねてきた理由を知ったところで、すぐに鷹崎部長に電話をかけようとしたそうだ。

それこそこういう事情だし、「いいよね！」と確認しようとしたらしい。

だが、俺と部長が家を出た理由が理由だったために、そこは父さんたちが全力で止めた。

エンジェルちゃんに関しては、父さんが全責任を負うことを即決し、まずは我が家で預かることを宣言した。

そうして沙也夏ちゃんとおばあちゃんには、「あとは任せて」「引取先が決まったら、必ず連絡するから安心して待ってて」と言い、今夜のところはひとまず帰ってもらったそうだ。

本当に、まさかこんなことになるなんてって状況だ。

一瞬にして秋の夜長のもにゃもにゃなんて、吹き飛んだ。

こんな大事なときに何をしてたんだよ、俺！　だ。

「一言で喘息といっても、大きな発作を起こせば、命に関わる。大の男でも身動きが取れなくなるらしいからな」

「うちの課長もそうですもんね。小さい頃からじゃなくて、大人になってから発症したらしくて、以前会社から救急病院に搬送されたことがあります。普段からきちんと管理されているし、滅多に会社を休むこともないんですが。それでも梅雨《つゆ》や台風時期は体調を崩しやすくて、実は今の季節も厳しいっておっしゃってました」

「そうか。なら、俺も気をつけて見ておいてやらなきゃな」

鷹崎部長も反省しきりだった。

出かける原因を作ったのは俺だが、すぐに帰らなかった自分に責任を感じたようだ。

すっかり肩を落としている。

「パパ…」

しかし、そうとは知らないきららちゃんは、俺たちが神妙な顔をしたためか、エンジェルちゃんを抱いたまま不安そうな声を漏らした。

一緒になって、鷹崎部長の返事を待っていただろう樹季や武蔵、七生もジッと様子を窺っている。

双葉や充功、士郎にしてもそれは同じだ。

「大丈夫だ。わかってる。ちゃんと家に連れて帰るよ。きららのエンジェルは、そのエンジェルだけだもんな」

もちろん、部長が反対するはずはなかった。

きららちゃんのエンジェルちゃんへの愛着は誰より理解しているだろうし、替えが効かない存在であることもちゃんとわかっている。これればかりは、あの場で代わりを求めなかったきららちゃんの一途《いちず》さが証明したことだ。

「本当！　いいのね、パパ！」

「ああ。明日こそ買い物に行こう。必要なものを」

一瞬にしてきららちゃんの顔に笑顔が浮かんだ。

「やったー!!　ありがとう、パパ！」

「やっちゃーっ」

「よかったな、きらら」

「よかったね。きららちゃん！」

ちびっ子たちもそれは同じで、みんなで万歳三唱《ばんざいさんしょう》だ。七生なんて、雰囲気でしかわかっていないだろうに、それでもぴょんぴょん飛んで万歳だ。

「うん！　これで沙也夏ちゃんもお休みの日には、エンジェルちゃんに会えるよね。きららたちと一緒に遊べるよね、樹季くん」

「そうだね。沙也夏ちゃんにもそう言おう。きららちゃんはいい子だね。すごく優しいね」

「へへっ」

本当だよ。樹季の言うとおりだよ。

俺は、樹季に頭を撫でられて、エンジェルちゃんを抱きしめたきららちゃんが、可愛くて仕方がなかった。

大好きな鷹崎部長の娘だってことを抜きにしても、心から愛おしいと感じられる、素敵な女の子だった。

7

翌日、日曜日。

俺たちは、みんなでにゃんにゃんのアニメを見てから、改めてエンジェルちゃんに必要なものを買いに行った。

「ありがとう、充功くん！」

「ああ。うん」

充功は最初に宣言したとおり、二つ求めたケージのうちの一つをきららちゃんに買ってプレゼントしていた。

照れくさいのか、返事はちょっと素っ気なかった。

だが、きららちゃんは充功に買ってもらった方を自分の家用にすると言って大喜びだ。

エンジェルちゃんにも「充功くんがくれたお家だよ」と、ニコニコ顔で話しかけて、ますます充功を俯《うつむ》かせている。

『なんだよ、もう。可愛いな充功も！』

それ以外のものは、鷹崎部長と父さんが二人で折半《せっぱん》した。

鷹崎部長は「そんな。とんでもない」って感じだったが、ここは父さんも譲らなかった。

それこそ「これは我が家に置くグッズなので」だ。

あとで俺からも、父さんにグッズ代を渡さなきゃ。

「えっちゃにゃん。かーいー」

「うん。可愛いね」

「みゃっ」

そうして買い物と昼食を終えた午後のこと。

「え？　今から行くの？」

俺たちは双葉からの声かけで、急遽《きゅうきょ》隼坂くんの家に行くことになった。

「うん。重大発表があるから、よかったら子猫やエリザベスも連れてみんなで来てって」

「重大発表？　でも、今更で申し訳ないけど、隼坂くんも受験体制に入ってるんじゃないの？　そうでなくても、来週末は修学旅行なのに大丈夫？」

「そこは俺より計画的だから、平気だって。それに今日は、鷲塚さんも来るからまったく問題ないってさ」

「鷲塚さん？　鷲塚さんがどうして直接隼坂くん家《ち》？」

「行けばわかるよ」

意味深なことを言われながら、隣町の隼坂家へ向かう。

一言で「みんな」と言っても、二家族十人にエリザベスとエンジェルちゃんだ。

相変わらずの大移動で、父さんが車を出した。

「いらっしゃい。お待ちしてましたよ。さあ、どうぞ」

出迎えてくれたのは、隼坂くんのお父さんであり、俺の得意先・ハッピーレストランの調理部長。この大所帯をあっさり受け入れてくれる隼坂家は、母屋《おもや》も庭もかなり広い。

俺たちはまっすぐに、リビングへ案内される。

「お休みのところをすみません。これ、少しですが」

「ありがとうございます。かえって申し訳ありません」

「いいえ。こちらこそ」

父さんが簡単な手土産《てみやげ》を渡して挨拶を済ます。

すでに面識もあるし、年も近いためか、父さんたちは「ダイニングでのんびりしましょうか」という雰囲気だ。

そして、リビングの奥の部屋（エルマーちゃんと子犬たちの寝床がある）からは、先に来ていた鷲塚さんが、隼坂くんやテトテト歩く子犬たちと共に現れる。

「いらっしゃい。兎田」

「お言葉に甘えて全員で来たぞ」

「よお、寧。エリザベスも、噂の子猫ちゃんも一緒だな」

「鷲塚さん」

「バウッ！」

俺が思う以上にマメで人懐っこくて、実は人タラシな鷲塚さんは、いつの間にか隼坂家にまで馴染《なじ》んでいた。腕には、子犬のうちの一匹を抱いている。

七生たちは、日々大きくなっていく子犬を目にして、目がキラキラだ。

すぐにでも飛びつきたいのを我慢し、隼坂くんから「触っていいよ」と言ってもらえるのをわくわく顔で待っている。

するると、

「いやさ。あれから考えに考え抜いて、こいつを譲ってもらうことにしたんだよ」

「えっ！　飼うんですか!?　今は小さいですけど、セントバーナードですよ。セントバーナード！　いずれはエリザベスサイズですよ」

突然すぎる鷲塚さんの爆弾発言に、俺は思わず声を上げた。

どうやらこれが本日の重大発表らしい。

「だってエリザベスやエルマーを見たら、妄想に花が咲いちゃってさ。こいつと山や海に行ったり、アウトドア三昧《ざんまい》って考えたら、人生バラ色だろう。もう、将来首輪に付けてみたくて、酒樽《さかだる》まで買っちゃったんだよ」

『酒樽って…。子犬はまだ、生後一ヶ月にもなってないのに』

最初に子犬たちにメロメロになって埋もれていた段階で、よっぽど好きだったんだなとは感じたが。まさかという展開に、鷹崎部長も俺たちも驚愕だった。

「お給料の大半を食費に突っ込む覚悟の、一大ドリームだね」

「だな。それにしても、酒樽か。あの調子じゃ、アルプスまで目指しそうな勢いだな」

理由は士郎と充功が言ったままだ。

双葉だけは聞いていたのか、隼坂くんと目配せをして笑っている。

それにしたって、「マンション買って、こいつを一匹飼ったら、一生独身だな」とまで言っていた鷲塚さんなのに――――。

このままでは、本当にそうなりそうなぐらい、子犬にメロメロのデロデロだ。

抱かれた子犬もそれがわかるのか、ものすっごく甘えている。たとえが変だけど、七生の「ひっちゃ、抱っこ！」状態で、嬉しそうに尾っぽをふりふりだ。

こうなると、俺も怖いもの見たさにも似た心境から聞いてしまう。

「それでもう、名前は決めたんですか？」

エリザベスにエルマーときたら、エベレストかもしれない。

「エイトの弟だから、ナイトにした」

「え？　それでしたらナインじゃないですか？」

「あ…、そっか。でも、もう気に入ったからナイトでいいや。エイト、ナイトのほうが語呂《ごろ》もいいだろう。な、ナイト」

「パウッ」

「鷲塚さんってば」

それしか言葉がないほど、すでに鷲塚さんとナイトは相思相愛だった。

あっという間にエリザベスぐらい大きくなって、本当の騎士《ナイト》になっちゃいそうだが、エベレストよりはセンスがいい。

もともと一人でどこでも行ってしまう鷲塚さんには、もってこいのパートナーなのかもしれない。

『うん。ナイトが首に酒樽をつけてアウトドアする日は、そう遠くないかもな』

子供目線に合わせてしゃがみ込んだ鷲塚さんの回りに、エイトたちまで集まり始めて、いっそう賑《にぎ》やかだ。

「ほーら、七生。こいつもエイト共々可愛がってくれよ。俺のナイトだからなー。子猫ちゃんもよろしくなー。今のうちから仲良くしてくれよ。一生付き合うからなー」

「わぁ、可愛い！　七くん。ほら、ナイトくんだってよ」

七生たちも、そろそろお許しが出たと判断したのか、大喜び。一緒になってその場にしゃがんで、子犬も子猫も入り乱れだ。

「かーいー。えっちゃん。なったん」

しかも、少しずつ模様が違う子犬たちを、七生はちゃんと見分けていた。きちんと指を指して、名前を呼んでいる。

「エイトはえっちゃんなのに、ナイトはなっちゃんにならないんだね」

「なっちゃんだと自分と混ざっちゃうからだと思うよ」

「そうなのかー。七生、あったまいー」

「きゃーっ。むっちゃ、くったいよぉ」

特にこのやり取りには、素《す》で感心してしまった。

俺はまだエイトしか覚えられていないし、ナイトも他の子が混ざると、わからなくなってしまう。七生の喃語《なんご》の微妙な意味の違いを理解している樹季もすごいし、樹季の説明を理解して七生を褒める武蔵もすごい。

普段はさらっと開き流してるけど、みんな日々成長してるんだな。

「クォンッ」

――――と、子犬たちの母親であるエルマーちゃんも奥の部屋から出てきた。

「バウンッ」

「クォン」

エリザベスと何か話しているのだろうか？

エイトたちに紛《まぎ》れたエンジェルちゃんを横目に、何かもの申しているようにも見える。

「あなた。あの子何？　いや、これはその…とかって、展開なのかな？」

「うん。なんだか、そんな気もするね」

勝手なアフレコを付けているのは双葉と隼坂くん。

その後ろ姿を見ながら、父さんたちがダイニングでお茶を吹きそうになっていた。

「え？　どこに連れて行く気だ？」

しかも、突然エルマーちゃんが動いた。

大きな口をグワッと開けたかと思うと、子犬の中に埋もれていたエンジェルちゃんの首根っこを咥《くわ》えて、その場から引き離す。

「うわっ！　あんたどこの子!?　ちょっとこっちへ来なさいよ、みたいな展開？」

「いや、違う。そうじゃないみたいですよ、鷲塚さん」

俺たちが馬鹿な解釈で騒いでいるのを余所《よそ》に、エルマーちゃんはエンジェルちゃんを寝床に連れて行った。マットの上に下ろすと、嘘！　自《みず》らお乳《ちち》を与え始めた。

「パウパウッ」

「パウッ」

気配を察したエイトたちが、我《われ》も我《われ》もと寝床に走る。

だが、だからといってエンジェルちゃんを邪魔にするでもなければ、追い出すわけでもない。一緒にお乳を飲み始め、小さくてモコモコしたお尻を七つ並べて可愛さ絶品だ。

一匹だけ猫ってところが、なんとも言えない。

「ふぁ〜っ」

「一緒に飲んでるぅ」

「可愛い〜」

これには七生やきららちゃんたちだけでなく、俺たちも胸が熱くなった。

その姿に心が洗われ癒やされて、それと同時に命の尊《とうと》さと母性のなんたるかを垣間見た気持ちになる。

「優しいな、エルマーは。子犬たちも気にしてないって、すごいな」

「みんな兄弟みたいだね。あ、また遊び始めた」

充功や士郎も遠慮がちに覗くも、心から微笑んでいた。

黙って様子を見ているエリザベスも、なんだか嬉しそうだった。

もしかして、俺がエルマーに頼んだんだぞって感じ？

俺と目が合うと、手の甲《こう》に頭をすりつけてくる。

「兎田は修学旅行の用意は終わったの？」

「ほとんどね」

とはいえ、背後で双葉と隼坂くんが話し始めると、俺の耳は自然とそちらへ傾いた。

鷹崎部長も運動会以来、ますます二人のことが気になっているのか、俺同様に意識を向けている。

そういえば、修学旅行なんて学生にとっては一大イベントじゃないか。

『一緒に沖縄《おきなわ》の海を見たりするのかな？　白い砂浜を走ったりするのかな？』

勝手な想像で申し訳ないが、俺のほうがドキドキしてきた。

自分の修学旅行を思い返せば、そんな馬鹿なことあり得ないってわかるのに。

「大学は決めた？」

「うーん。希望だけは。けど、今からじゃどうだろうな」

「兎田の成績なら、大概《たいがい》はいけるだろう」

「でも、医学部だから」

「医学部⁉」

しかし、余りに想定外だった言葉が耳に入り、俺は思わず声を上げた。

一瞬にして、全員が俺を見た。もちろん、双葉と隼坂くんもだ。

「ご、ごめん。盗み聞きするつもりは……」

言い訳が言い訳になっていない典型だった。

でも、それぐらい俺は驚いた。鷲塚さんの重大発表の軽く百倍は驚いたと思う。

だって、何がどうしたら突然医学部⁉

「やだな、わかってるよ。そろそろ言わなきゃって思ってたし。どうせだから、みんなにも聞いてもらおうかな」

双葉は特に俺を責めるでもなく、あえてこの場を借りるような発言をした。

隼坂くんも「それがいいんじゃない」って感じで、みんなをいったんリビングの応接セットに誘導する。

きららちゃんや武蔵、七生はいったい何が起こるのだろうという顔つきだったが、そこは樹季が気を利かせていた。ちびっ子三人の意識を子犬たちに向けた。

そのまま奥の部屋で遊び始めて、完璧な子守かつフォローだ。

そして、話を聞く俺たちは、双葉を中心にソファへ腰を下ろした。

向かい合う三人掛けのソファのひとつに、隼坂くんと双葉と士郎。反対側に鷹崎部長と俺と鷲塚さん。

充功は俺の後ろにだらっと立って、父さんたちは席を移動することなく、リビング続きのダイニングから視線をこちらに向けている。

「いや、さ。受験からして隼坂を見ていて火がついたのもあるんだけど。そういえば俺も、小さい頃は医者になりたかったなって。小児科医かとか産科医に。そしたら、それ以外の希望らしい希望が出てこなくなっちゃって。でも、いきなり医学部は甘いよな」

双葉がここ最近に起こった気持ちの変化を、正直に打ち明けた。

自分に影響されたと言われた隼坂くんが、さっきの俺以上に驚いていた。

でも、ここは俺からすると不思議じゃない。

以前はどうかしらないが、互いの家を行き来するようになってからの隼坂くんの言動には、随分俺も「すごいな」「しっかりしてるな」と思った。

同い年の双葉なら、尚更意識するだろうし、これまでとは見方も変わっただろう。

それぐらい、隼坂くんは努力家で、一本筋が通っている。双葉は、いいものはいいと素直に受け入れるほうだから、単純に影響を受けたんだろうな。

「いや、甘い辛《から》いは別として、随分リスクの高い希望だね。何も一番裁判沙汰《ざた》にされるような専科を選ばなくてもいいんじゃないの？　内科とかじゃだめなの？」

だが、ここで容赦のない意見を、さらっと突きつけたのは士郎だった。

裁判沙汰のリスクって、突っ込むところはそこなのか!?

いつものことだが、俺の解釈の一万キロぐらい先に行ってるぞ！

「そこまで考えてなかったな。けど、俺が背中を見てきたお医者さんって、結局この二科しかないからさ。今更他にイメージが湧いてこなくて」

「だったら迷わないで、医学部を目標にして追い込みをかけたらいいじゃん。一言で医学部と言っても、ピンからキリまであるんだから」

でも、こうして痛いところをつく士郎だからこそ、背中を押すときの力強さも半端《はんぱ》ない。

「ただ、医者も学歴が左右する世界だから、いい大学を出るに越したことはない。少しでもランク上で、権威のある医学部。それが将来の研修先、仕事環境、お給料のすべてに繋がるから、目標にするなら最高峰《さいこうほう》の医学部。それこそ隼坂さんじゃないけど、国立なら東大、私立なら東都大学。ちなみに国立最高峰、東大理科Ⅲ類の近年合格偏差値平均は78から79。センター試験でのボーダーラインは、確か正解率95％以上ぐらいだったかな？　どうでしたっけ？」

常に頭に入ったデータをベースに、どこまでも客観的だ。

しかも、自分だけの意見を押しつけない。士郎は隼坂くんに確認を取る。

「うん。それぐらいかな。ただ、近年理科Ⅲ類から三年目の医学部医学科への進学は、成績で考慮されるようになっているから、全員が進学できるわけじゃない。逆を言えば、理科Ⅲ類以外の学部からも成績次第では医学部医学科に編入する事が可能だから、必ずしも理科三種で合格しなくてもいいってことになってる」

そして、隼坂くんも自分のために調べていただろうデータを、惜《お》しげもなく披露《ひろう》する。

「一方、東都大学の医学部。こっちは偏差値で73から75以上あれば大丈夫だけど、医学部希望者に対してだけは独自の適正判断による資質が求められる。学生時代の内申《ないしん》と面接のハードルが高くて、東大理科Ⅲ類合格者でさえ、これで落とされたりする」

仮に双葉が同じ医学部を目指したら、ライバルになるのに、そういうことは気にしていない。

権勢のために話している様子もなく、淡々と聞かれたことに答えている。

「そして、同じ六年間でも卒業後に即戦力になる医師教育がモットーだから、他の医学部とは進め方が違う。あとは、私立だから学費は国立の二倍から三倍って考えていいけど、代わりに奨学・特待制度が充実してるから、上手くするとタダに近い学費で通えるのが魅力かな。この家からも遠くないし、日々の電車賃は断然東都のほうが得だと思う」

　一通りの説明を終えると、話が士郎に戻った。

「ようは、必要最低限のお金で大学へ行く方法なんて、探せばそれなりにあるってことだよ。なんにしたって、初めから諦める必要はないよ。上の大学を目指して受け皿を広げる分には損がないんだから、そのつもりでやっていけばいいんじゃない？」

「――――」

　内容の割に語尾が軽い士郎の言葉に、双葉はかなり考え込んでいる。

　すると、俺の後ろに立っていた充功が、ソファの背もたれに手を突いた。

「夢も希望もあるが、すごい無茶ぶりだな。偏差値40、50の世界とわけが違うし。つーか、士郎は誰に向かって偏差値75以上とか言ってるんだよ」

「どうして？　同じ高校の隼坂さんが東大を目指してるんだよ。今まで特待枠から漏れたことがない双葉兄さんなんだから、全国模試でも72から73はとってるはずだ。ここからの追い込み次第では、不可能って決めつける話でもないよ」

　すでに相談を受けていたためか、士郎のほうが双葉の成績にも詳しい。

それを聞いた充功が、俺の頭をよけるようにして身を乗り出した。

「72？　実は双葉って天才だったのか？」

「それはどうかわからないけど、秀才には違いないんじゃない。双葉兄さん、なんだかんだ言っても、毎日勉強してるもん。自分の宿題だけでなく、常に僕たちの勉強も見てくれるし。多分、寧兄さんだって似たようなものだったんじゃないかな？」

変なところで比較にされても比べようがないのに、士郎がいきなり俺を見る。

「寧も？」

充功に聞かれたところ、俺は首を振るだけだ。

しかし、そんな俺に士郎も首を振り返す。

「考えてもみなよ。寧兄さんの同級生三人組って、国立法学部に私立医学部に東大休学でイギリス留学中だよ。多少の差はあったとしても、同じ高校を似たような成績で出てるんだから、それ相応の大学に進めたってことだ。そうでなければ、西都製粉にだって入社できないよ」

「いや、そこはほら。俺の場合は違うから」

話が大きく脱線する前に、軌道修正にかかる。

すると、今度は鷲塚さんが「いやいやいや」と手を振った。

「寧はずっと、大家族長男のインパクトで採用してもらったって喜んでるけど、最初の書類選考から最終面接までは内申と筆記試験の結果だぞ。いくら高卒募集もあったからって、現役の大学生と争って最終面接まで残ったのは実力だよ。こう見えて、東都大学・生命学科卒の俺が言うんだから間違いない。ついでに言うなら、西都にA2・A3ランクの大学から受けて、書類選考で落ちた奴を何人か知っている」

すごいことをさらっと言うのは、鷲塚さんも士郎に負けず劣らずだ。

「え？　東都大学・生命学科卒!?」

俺の声が裏返った。

どうしてか隣で鷹崎部長が頭を抱えている。

「そこまで意外そうな顔をしなくてもいいだろう。最初に自己紹介したはずだけどな」

「あ、忘れてました。そう言われたら、企画開発部ってバリバリに研究チームだし、学者さん系の人材の宝庫でしたもんね」

「一応な。普段は〝にゃんにゃんカップケーキ〟とか言ってるが、室ではみんな遺伝子レベルの会話をしながら開発してるからな」

どうやら俺より鷹崎部長のほうが、鷲塚さんの基礎データをちゃんと記憶していたようだった。

こうなると、鷹崎部長はどこの大学出身なんだろう？

いつかどこかで噂を耳にした記憶があるのに、まったく思い出せない。

そう言えば、二人きりの時に学生時代の話題なんか、ほとんど上ったことがない。

貴重な時間だけに、イチャイチャするので精一杯だ。

――――だめじゃん。

「だからね、寧兄さん。言うまでもなく、西都製粉は一部上場の大企業なんだよ。支社勤務とはいえ、業界屈指《くっし》の粉もの屋さんなんだ。僕が人事担当なら、〝弟たちの良《よ》いぶちのために就職したい〟って言ってるような環境で育ちながら、優秀な成績を維持し続けてきたことのほうに注目するよ。だって、家庭教師も塾もなしで、家事に育児を手伝いながら進学高校で三年間特待生をキープしてるんだよ。充功は兄さんたちの〝やったー。これで来年も学費が浮くよ〟とかって言葉に惑わされ過《す》ぎだって。多分、〝あーよかった。頑張ってくれてありがとう〟で済ませてたのなんか、うちだからだよ」

ただ、士郎はやたらと俺や双葉を持ち上げてくれるが、これだけは言える。

うちでは「士郎がすごすぎて」大概のことが霞《かす》むんだ。

俺や双葉が授業料免除を取れたときだって、「浮いた分の学費は士郎の学費に貯金しよう！」「オーッ!!」みたいなノリが当たり前だった。

そういう意味では、確かに〝うちだから〟世間の感覚とは何かが違うのかもしれない。それに気づいたことがショックだったのか、充功が俺の背後で膝を折った。

鷹崎部長が心配して覗き込んでくれる。

「どうしたんだい？　充功くん」

「俺だけが馬鹿だった」

「いや、そんなことは……」

「充功は馬鹿なんじゃなくて、勉強してないだけだよ。今からでも全然遅くない。下にはまだ僕や樹季たちがいるんだから、毎日一緒にやってれば、自然に成績は伸びるよ。何せ、一度で理解できなくても、どうしてこうなるの？　攻撃を繰り替えされたら、説明しているうちに覚える。我が家の強みは、自然に予習復習がされるところだからね」

鷹崎部長が慰める間もなく、士郎に生活改善を警告された充功は、その場で更にうなだれた。ソファの陰にへたり込みだ。

でも、そこはダイニングから父さんが、優しく生ぬるい目で見守ってくれている。

〝人には向き不向き、得意不得意、好き嫌いがあるからね。でも、自分の幸せは自分の中にあるものであって、決して人様の中にはないものだから。ね〟

というのは、父さんが迷える子供に放つ魔法の言葉だ。

これらがあるから、個々に差が付く。上手く生かせば、個性に繋がる。

だから、人と比べて卑下《ひげ》する必要はない。たとえそれが親・兄弟でも――。

「ってことで、双葉兄さんの場合は、今から猛勉強して目標の大学なり、それに近いところに受かれば、必要最低限の費用で将来の道は開けるよ。仮に、僕が家の世話になって大学行くにしたって、その頃には双葉兄さんは大学出て研修医だから、特に問題もなし。僕もバイトができる年になってるだろうし、今だって年齢的に無理なだけで、家庭教師のバイトの誘いは、たくさんあるからね」

そうして、今日も我が家の問題は、士郎が簡潔《かんけつ》に片付けた。

すごい！

「猛勉強すれば、道は開けるか。士郎にそう言われたら、それもそうかと思えるところが不思議だね。けど、こうなったらまずはやれるだけやって、受け皿を広げるよ」

「塾に行くなら遠慮するなよ。この時期から塾探しとなると、それからして大変だろうけど。そこは頼れるところは頼って、今日みたいに相談してさ」

「うん。わかった。ありがとう、寧兄」

双葉も目標が定まったかな。

いずれにしても、受験すると決めたからには、これまで以上に勉強するしかない。

『双葉はやるといったらやるほうだ。どうせなら悔《く》いのないようにやらせたい』

家族はそれを邪魔しないようにサポートするだけだし、あとはどこまで金銭的な都合を付けられるか計算するだけだ。

でも、それは傍で聞いていた父さんも重々承知だ。ここでは何も言わなかったけど、俺と目が合うと示し合わせたようにうなずき、笑ってくれた。

息子のひいき目もあるが、父さんの笑顔はやっぱり心強い。

それを見た充功も、そろそろと立ち上がる。

「それにしたって、受け皿行きになった場合は、どんだけ金がかかるんだ?」

「充功はおかしな心配をしないで、自分のことだけ考えろよ」

「わかってるよ」

なんだかんだ言っても、家族の役に立ちたい。双葉のために何かしたいんだろう。

俺に釘を刺されてふてくされたが、最近こういう顔の充功が愛おしい。

話が終われば、士郎の額を小突いて、ふざけ合っている。

「それにしても、小四で家庭教師か」

そう言って士郎を見つめた隼坂くんも、知り合った当時より何倍も頼もしく見える。

「等身大で教えてくれるから、同級生の間でも〝先生よりわかる〟って評判なんだって」

鷲塚さんなんか、最近誰の家族だかわからなくなっているが、いろんな意味で頼りになる。

「本当に…。鷲塚さんたちがよく言うように、彼は今後どこへ行くんでしょうね？」

「さあな。ただ、今日の話を聞いて、ひとつ気づいたことがある。頭がいいから医学部とか法学部っていう発想は、けっこう一般的でさ。そもそも士郎くんは、そこからして違うような気がする。何かこう、もっと壮大なものを発想したり目指して行くような感じがして。そう思いません？　鷹崎部長」

「かもしれないな」

何より鷹崎部長の存在は絶対で――。

俺が以前にも増して、何に対しても意欲的なのは、やっぱり恋の力だろう。

これまで知らなかった、誰かに恋をしている充実感。

また、愛されていると感じる幸福感。

それらが自然と俺の中で日々のエネルギーに変換されて、身体や気持ちをより強く動かしている気がする。

好きな人が、愛する人が、仲良くできる人が増えるって、それだけで普通の毎日を特別なものにしてしまう力を持っている。

「寧くん。お話終わった？」

樹季が頃合いを見計らって、奥の部屋から顔を出してきた。

「終わったよ。ありがとう、樹季。七生たちは？　やけに静かだね」

すると、「見に来て」と手招きをして、俺を呼んだ。

言われるまま部屋を覗くと、子犬も子猫もちびっ子たちも、みんなまとめてエルマーとエリザベスに寄り添って眠ってしまっていた。

「みんなお昼寝しちゃったんだ」

「わっ。絶景」

寝ているちびっ子たちも、それを伝えに来た樹季も、みんなまとめて可愛すぎて、どうしよう！　だ。

『そうだ。写真を撮っておこう。本郷常務とか獅子倉部長とかに見せたら喜びそう』


その後、俺たちはちびっ子たちが目を覚ますのを待ってから、近所のハッピーレストランへ向かった。

わん・にゃんたちは少しの間、隼坂家でお留守番してもらったが、総勢十三人で夕食会をした。

「んまよーっ」

「うん。美味しーっ」

「秋の新メニューも、すごく美味しいですね。隼坂部長」

「ありがとう。そう言ってもらえると、自信が付くよ」

ちびっ子のみならず、みんなが美味しい顔で、楽しい時間を過ごした。

我ながら食いしん坊だなと思っても、やっぱりこの笑顔が見られる食事の時間が、俺は大好きだった。

＊　＊　＊

ハプニングはあったもの、充実した休みが明けると、一週間は瞬く間に過ぎていった。

第四週の週末にかけて、双葉は沖縄に三泊四日の修学旅行に出かけた。

普段、「我が家では一人二人増えても大差ないですよ」なんて言う俺だが、一人でも減ることには大差を感じるようだ。

特に、この週末は部長ときららちゃんも自宅で子猫のお世話あれこれ。主治医を決めたり、同居してみて必要だと感じたものを買いに行ったりで、我が家への訪問がなかったから、余計にもの足りなさを感じたのかもしれない。

正直言って、寂しい。

「ひっちゃ。カメたん、たまももーろよーっ」

「ひとちゃん。バトルカードチョコ食べよぉ」

「寧くん。エリザベスとお散歩に行こうよ」

父さんや充功からは、「いつもの十倍は懐《なつ》かれているのに、これでも物足りないの」って笑われた。

けど、そう言ってる二人だって、「何か静かすぎる」と言い合っていた。

変わらないのは、士郎だけだ。

「あ…。計算ミスった。どこで間違えたんだろう」

いや、やっぱり士郎も何か調子が狂っているのかな？

なんの計算なのかは、わからないけど。

『大家族か…』

賑やか過ぎるほど賑やかなのが当たり前だから、一人二人抜けても物足りない。

この辺は、一人の時間がほしくなるのとは違うみたいだ。

「さてと！　せっかくだからコスプレ衣装は今日中に仕上げちゃお」

それでも時間は過ぎていく。

俺は、父さんのお仲間さんに相談したがために、とんでもないことになったハロウィン衣装を完成させるために、せっせと裁縫《さいほう》に勤《いそ》しんだ。

すごく素敵に作れることになったのはいいが、その分きららちゃんの衣装だけで手一杯になってしまい、鷹崎部長の分はお仲間さんが作ってくれることになったのは、まだ秘密だ。

連絡を取ったときのテンションが怖いぐらいに高かったので、どんなものが仕上がってくるのかは、俺にもわからない。

ただ、今の時点でも想像ができるのは、ハロウィン当日の鷹崎部長が、きららちゃんに付き合わされてうなだれる武蔵みたいになる姿。そして、「いくらなんでも、これはやり過ぎだろう」って、怒りたいのを我慢している姿だ。

「あ、メールだ。きららちゃんとエンジェルちゃんの動画付きだ。可愛いな」

それでも年に一度のご愛敬《あいきょう》ということで、俺はせっと衣装を作った。

「あ。どうせだから、七生の分の端切れでエンジェルちゃんのベストも作っちゃお」

きららちゃんと鷹崎部長に少しでも、楽しい一日を過ごしてほしくて気合いを入れた。

『完成！』

そうして、衣装が仕上がった日曜の夜のこと――――。

「え!?　課長が入院されたんですか」

それは部長からの電話だった。

〝今朝方から調子が悪くて、救急病院へ。一日点滴《てんてき》治療をしてもらったらしいんだが、回復できなくて入院になったそうだ。今、奥さんが連絡してきたよ。状況から見て、早くて一週間。長引けば二週間は入院になるだろうって〟

「そうですか。それは、一日も早くよくなるといいですね」

突然のことで上手く言葉が出なかった。

ただ、朝には元気そうに見えた課長がランチタイムに急変し、救急搬送されたのを間近で見た経験がある俺には、状況が想像できた。

本当にビックリするぐらい、事態が一変《いっぺん》してしまうんだ。

奥様もさぞ大変だろうし、お子さんたちも心配しているだろう。

沙也夏ちゃんのお母さんもまだ退院できていないし、奥さんの言う「早くても一週間」は、お医者さんの言葉でもあるんだろうな。

〝それでだ。いろいろ準備してもらったのに申し訳ないが、今週は休めない。園のほうには明日連絡するつもりだが…。ごめんな〟

部長の声が切なくて、胸が痛んだ。

しかし、これぱかりは仕方がない。

月末には係長の出張予定が入っている。その状況で課長が入院だ。

どんなに大事な子供の行事とはいえ、部長自身が不調で倒れたわけではない。近親者に重篤者《じゅうとくしゃ》が出たわけでもなければ、葬儀《そうぎ》が入ったわけでもない。

社則だけで見るなら、休めないこともないが、これぱかりは責任感の問題だ。

鷹崎部長の立場や性格では、誰が何を言わなくても、こういう判断になるだろう。

「そんな。俺はいいですから、まずはきららちゃんのことを。去年は、お母さんが一緒だったんですよね？　すごく楽しかったって聞きました。でも、今年はパパが一緒でどうなるんだろうって、楽しみにしていたので」

きららちゃんの落胆《らくたん》が見えるようだが、これぱかりはどうしようもない。

土日ではなく、平日を使ったイベントだけに、そもそもどれぐらいの保護者が参加するのかはわからないが、そこは先生方にお願いするしかないんだろう。

うちだって、俺に半休が取れていなければ、武蔵に我慢させるしかない。七生もこの日は、朝から園内保育にお預けだから。

〝ああ。何か別の形で頑張ってみるよ。子猫が来たことで、かなり気分がいいみたいだから、そこは助かってるが。それとこれは話が別だろうからな〟

「――――ですね。俺もできる限り協力はしますので」

〝ありがとう〟

電話は用件のみで終わった。

『できあがった衣装が、細《ささ》やかでも慰めになるといいんだけど――――』

俺は衣装を手に、そう願うことしかできなかった。

すると、誰かが俺の部屋に入ってきた。

「ひとちゃん」

「ん？　どうした、武蔵」

「きららの幼稚園に行ってあげてよ」

「え？」

どうやら話を聞かれたらしい。自室とはいえ、リビングとは襖越《ふすまご》しだ。

武蔵の背後には、充功と士郎、樹季もいる。

「だから、保護者が代理申請して寧兄さんが行けるなら、武蔵の幼稚園には僕たちが行けばいいんじゃないかなって、話」

「学校帰りに顔出して、一緒にカレー食ってくるだけだけどな。でも、武蔵はそれでいいって。寧とのカレー作りなら家でもできるし」

これを実現するとなると、武蔵の幼稚園にも許可が要る。

しかし、武蔵のところは士郎や樹季もお世話になった。家族の誰が行っても先生や保護者の一部とは面識がある上に、家の事情にも理解がある。

何より今なら、まだ間に合う。保護者やその家族に限り、月曜までに一食百円分を追加で納めれば、当日作ったカレーを食べに行ったり、持ち帰ったりすることができる。

「本当に、それでいいのか？」

「うん。ひとちゃんは、きららのパーティーに行ってあげて。きらら女だし、俺男だからさ」

俺は、今回は武蔵や充功たちの好意に甘えることにした。

「そうか…。ありがとう。部長に聞いてみるよ」

すぐに電話を折り返し、きららちゃんのハロウィンパーティーには俺が出られないかということを相談した。

結果は園に相談次第となったが、月曜日にはＯＫがもらえた。

これまで何度か俺が代わりに迎えに行ったこともあるので、園側も「そうですか」と、二つ返事で了解してくれて、どうにか胸を撫で下ろした。

『あ、でもそうしたら、保護者のコスプレって、俺がしなきゃいけないのかな？　さすがにここは間に合わなかったで許されるよな？』

気がかりがないと言えば、嘘になったが――。

8

アクシデントはあったものの、どうにかこれで乗り切れる手段を得たハロウィン前夜のことだった。

「え？　どうして僕まできららちゃんのパーティーなの？」

「だって、きららはしろちゃんが好きだから」

我が家では過去にない、まったく予想していなかった組み合わせでの争《あらそ》いが勃発《ぼっぱつ》した。

士郎と武蔵だ。

「なんでそういうことになるんだよ。学校帰りに無理言うなよって以前に、僕は武蔵の兄さんだよ。僕の中では、きららより武蔵のほうが大事だよ」

「そんなこと言うな！　きららがかわいそうだろっ」

「実の弟に、こんなことを言われる僕の気持ちはどうでもいいのかよ」

「だってきららは、しろちゃんがっ」

「そういうのを偽善《ぎぜん》って言うんだよ。自己犠牲じゃなくて、偽善！　きららが好きなのはいいことだけど、お前がかわいそうとか思うのは失礼だし、百万年早い！ なぜなら、きららのほうが、お前より何十倍もしっかりしているし、パパとの二人生活への現実も理解し、受け入れてる！　だいたい自分だって、本当は寧兄さんに来てほしいんだろう。我慢してる俺ってカッコいいとでも思っているのか、この単細胞！」

どうも武蔵が、士郎に「ひとちゃんと一緒にきららのほうに行ってあげて」と言ったことが発端らしい。

リビングで口論になるも、こんな時に限って双葉や充功がまだ帰っていない。

父さんは三階で仕事だから気づけないだろうし、俺が風呂から上がったらこの状態だ。

樹季は七生を抱えて、仏壇の前に避難している。

「うっ…っ」

滅多に怒鳴ることのない士郎が怒鳴ったものだから、武蔵もベソッとなった。

喧嘩両成敗《りょうせいばい》でも、さすがにこれは無理がある。第一、誰が争うにしても、理路整然とした士郎が相手ではハンディもいるだろうから、俺が間に入った。

「士郎。何もそこまで言わなくても」

「どうせ、意味なんかわかってないよ」

「それでも感覚的には伝わるって」

「だったら僕の気持ちもわかれって話だよ。僕、間違ってる？」

しかし、士郎の激怒っぷりは、いつにも増してだった。

間近で見たら、泣くに泣けないでいるのは、士郎のほうだ。愛情ゆえに沸き起こっているだろう悲憤《ひふん》が、嫌と言うほど伝わってくる。

「いや。間違ってない。俺も同じことを言われたら、多分凹《へこ》む。武蔵が優しい子で嬉しいなって反面、もやっとする」

俺は、すぐにそれもそうかと理解した。

ちょっと立場を変えてみれば、士郎の言い分はよくわかる。

言葉で聞くときついけど、士郎の中にある優先順位は間違っていない。

これが兄弟同士でどっちがどうって話になったら、年が下の子を優先しようとなるかもしれない。内容によっては、そこに準じて正しく判断するだろう。

けど、今回は似たような状況の中で、きららちゃんか武蔵かという話だ。

士郎なら考えるまでもなく、武蔵を選ぶ。それは弟だからという揺るぎない基準もあるだろうが、武蔵が見え見えの我慢をしているのがわかっていたからだ。

〝自分だって、本当は寧兄さんに来てほしいんだろう〟

あれは、胸に突き刺さる言葉だ。

「ごめんなさい。言い過ぎました。その、もやっとを我慢するのが、僕の役目だった」

ただ、こういう士郎だからだろうな。

俺の言葉の奥を理解すると、すぐに反省してしまった。頭がよすぎるのも、時として切《せつ》ない。

俺からみたら士郎だって、まだ小学生だ。武蔵ほどではないにしたって、十分子供だ。

「いや、そんなことないよ。いきなり何をしてるんだって驚いたけど、ここまで聞いたら士郎の言い分も間違ってない。何が正しいとかじゃなくて、武蔵も士郎も間違ってないんだよ。そういうことだと思う」

俺は武蔵を片腕に抱き寄せながら、士郎の頭を撫でた。

普段より大げさなぐらい、たくさんだ。

「それに、今日の士郎の言葉が武蔵にもいつかは理解できるし、どれだけ自分を大事にしてくれてるかもわかると思う。もしかしたら、今だって――」

そして、俺自身もうかつだったと大反省した上で、改めて聞いてみた。

「武蔵。誰も怒らないから、本当のことを言ってみな。本当は、誰と一緒にハロウィンしたかった？」

「母…ちゃん」

「───!!」

しかし、絞り出すように発せられた言葉に、俺のほうが息を飲んだ。

一瞬にして目頭《めがしら》が熱くなり、涙がこぼれる。

武蔵がいい子で喜んで、安心しすぎていた自分に気づいて、罪悪感しか起こらない。

『母さん…っ』

だって、こんなの〝大人にとって都合のいい子〟になってただけじゃないか。

ううん、俺にとって都合がいいように、武蔵が頑張っていただけだ！

「っ…っ」

「兄さん」

俺は、あとからあとから涙があふれて止まらなかった。

これには士郎が慌ててしまって、オロオロしている。

「あ、あと、ひとちゃん！　しろちゃんと父ちゃんと…、ふたちゃんとみっちゃんと。いっちゃんと七生と───。きららと、きららパパも、みんな一緒っ！」

結局、ここに至ってまで、武蔵に気を遣わせてしまった。

どうしてこうなんだよ、俺は！

「寧くんっ」

「ひっちゃ！　ないないよっ」

見かねた樹季や七生にまで慰められて、もう情けないとかそういうレベルではない。

泣けるものなら、声を上げて泣きたいぐらいだ。

しかも、いつ頃から見られていたんだろう？

父さんがスマートフォンを片手に寄ってきた。

「寧。鷹崎さんから電話入ってるよ」

「え？　あ…、ありがとう」

慌てて、スマートフォンを受け取った。

父さんは電話には出ていない。

俺がダイニングテーブルに置きっぱなしだったこれの画面に、名前が表示されたから持ってきてくれたのだろう。

「――――はい。兎田です。――――え？　あ、はい。わかりました。今、ちょっとごたごたしているので、あとでまた連絡します。では、また」

俺は、声色を誤魔化しながら、どうにか会話だけは終えた。

用件のみの短い電話。

しかし、その内容はさらに俺を反省させる。

「どうかしたの？」

父さんが心配そうに聞いてきた。

「きららちゃんが、今になってお腹が痛いって。明日は幼稚園を休んで、エンジェルちゃんとお留守番をするから、俺には武蔵の幼稚園に行って。パパも会社に行って…って」

「寧兄さん。それって…」

「一人でお留守番なんてさせてもらえないのは、わかってるだろうにね。きららちゃんのほうが、武蔵の気持ちを知ってるみたいだよ」

「馬鹿だな、きららも。あの年にして、頭がよすぎだよ」

俺の説明を聞いた士郎も、切なそうに呟いた。

すると、父さんが溜息を漏らす。

「士郎。こういうのは自己犠牲とか偽善じゃないんだよ。その子が持って生まれた優しさであり、周りに育《はぐく》まれた純粋な思いやりであり、それでいて〝いいこと思いついた〟っていうのを即行動に移してしまう、子供らしい感覚なんだ。大人になるとなかなか機能しなくなる実行力だけどね」

「父さん」

どうやら父さんは、かなり早い段階から、俺たちのやり取りを聞いていたようだ。

人一倍頭のいい士郎には、ちょっと胸に刺さるお説教だ。

でも、俺たち全員見てきた父さんの言葉は重い。俺にはまだ理解しきれていない〝子供らしい〟状態を、わかりやすく教えられた気がする。

『いいこと思いついた！　か』

それ以上でも、それ以下でもない、とても子供らしい発想だ。

思いつきで行動できてしまうのが、確かに幼稚園児だ。

もっとも、それは武蔵なら当てはまるけど、きららちゃんはどうかな？

優しさと思いやり。もしかしたら、変に育ち中の母性もあるのかな？

「ところで、寧。こんなにゴタゴタするなら、明日は武蔵もきららちゃんも幼稚園を休ませちゃえば？」

「え⁉」

ただ、父さんはお説教だけで終える人ではなかった。

がらっと態度を変えると、笑って軽く言い放ってきた。

「父さんの仕事の予定が来週に変わってさ。だから、明日の夜はみんなうちでパーティーしようよ。今からきららちゃんとエンジェルちゃんを迎えに行って、明日は朝からちびっ子たちと父さんでカボチャカレーを作って。リビングも飾って準備して。夜にはみんなそろって仮装して、ハロウィンパーティーでいいじゃないか。鷹崎さんには会社帰りに行き来してもらうことになるから、一番負担をかけてしまうけど。とにかくみんな一緒に。そうしようよ」

「父さん……」

もう、ビックリを通り越した提案だった。

これなら「父さんが武蔵の幼稚園に行けることになったから、寧はきららちゃんのほうに行ってあげて」とかってなりそうなのに、そういう発想は一切無しだ。

一部聞き捨てならないことも言われた気がするが、これこそ武蔵の「みんな一緒に」を形できる方法だ。

「これが義務教育の学校行事だって言うなら、我慢も仕方がない。けど、幼稚園なんだから、親の都合で休ませることがあっても、いいじゃないか。そりゃ、お友達との行事も大事だよ。けど、そもそも子供のためのパーティー企画なんだから、子供たちが悲しい思いをしてまで強制するようなことじゃない。そうだろう」

説得力もありすぎる。

俺の頭が硬かったのかと、そんな気にもなる、柔軟さだ。

でも、これは父さんだからこその選択であって、子供であり兄の俺には思いつかない。

多分、鷹崎部長も俺に近い気がする。自分がちゃんと育てていかなきゃという意識が強ければ強いほど、子育てに対しての考えやその幅を狭めてしまっている感じだ。

「本当！　きららやエリザベスや、みんなでパーティーできるの！」

「そしたら、隼坂くんや鷲塚さんも来るの？」

大喜びの武蔵と樹季が、運動会並に「みんな枠」を拡大していた。

けど、これはこれで、まあいいかだ。

「うん。父さんが決めたから、それでよし。ここでやる分には母さんも一緒だしね」

こういうときは、家長《かちょう》の決定に便乗《びんじょう》だ。

父さんが決めたという分には、鷹崎部長も嫌とは言わないだろう。気を遣うのはわかっているけど、だからこそ、ここは父さんを隠れ蓑《みの》に甘えるだけだ。

「俺、鷹崎部長に電話するよ。武蔵も出るか」

「うん！」

俺が笑うと、武蔵も笑った。

それを見た士郎も樹季も七生も、みんな笑った。

もちろん、帰宅してきた双葉や充功に言っても、「そうかそうか」「そういう手があったか」で満面の笑みだ。

「寧。支度ができたら、迎えに行くよ。双葉、充功、士郎。武蔵たちをよろしくね」

「はーいっ！」

こうしてハロウィンの夜は、友人知人を含めたみんなで、カボチャカレー・パーティーをすることになった。

俺としては、父さんからの提案に含まれていた「みんなそろって仮装」という言葉が微妙に引っかかったが、それを確認している間はなく、家を出た。

きららちゃんとエンジェルちゃんを迎えに行った。

＊＊＊

十月末日の夜。

我が家のダイニング・リビングでは、平日の夜であることも度外視《どがいし》し、ハロウィンパーティーを開催した。

「わーっ、すごーい!!　にゃん子ちゃんのハロウィンドレスだ！　ウリエル様、すごいすごい、すごーい!!　エンジェルちゃんにまで、ありがとう！」

「みゃっ」

「パンプ・パンプ・ポーン♪　パンプ・パンプ・ポーン♪」

きららちゃんと七生は、俺が作った衣装に着替えると大喜びだった。

「七くんのエンジェルちゃん着ぐるみにカボチャのパンツもすっごく可愛いね！」

「あいっ！　ふへへっ」

この笑顔を見るだけで、俺は頑張った甲斐《かい》があった！　と思う。

ハロウィンカラーのオレンジをベースにした生地を使った〝にゃん子ちゃんの衣装〟は、きららちゃんが着ると、服だけの時より、何十倍も可愛く見えた。

七生のオムツ尻にぴったりなパンツも、以前双葉の文化祭のときに着せた着ぐるみの上から履かせただけだけど、想像以上に可愛い。

本人も気に入ってくれたのか、ぴょんぴょん飛んで、おしりをふりふりしているところが、もう――――気が狂いそうなほどだ！

俺はスマートフォンで写真を撮りまくりだ。

自分で手をかけてみて初めて知ったけど、頂《いただ》き物を着せるよりもテンションが上がる。

「本当にすごい隠し技だな。立派な衣装だ」

今日だけは残業なしで会社から駆けつけた鷹崎部長も、我が娘の姿にニンマリかな？　ただ、この段階に来てもまだ俺は、部長に〝アノ話〟ができていなかった。

「いえ。デザイン・型紙・素材一式は、父さんのいつものお友達が全部用意してくれたんです。なので、実は俺は、指示書の通りにミシンをかけただけです」

「プロの指示通りにできるだけで、俺は尊敬するぞ」

「そう言っていただけると嬉しいですけど、本当に小学校の家庭科教材みたいな状態で来たんですよ。生地に型紙が固定してあって、それを切って合わせて縫うだけみたいな。すごく勉強になりました」

言わなきゃ。そろそろ言って、着替えてもらわなきゃ。

そう思うだけで、俺はドキドキだ。

「そうか。それでもきらにとっては、世界一素敵で嬉しいドレスだな。これまで以上に、目の輝き方が違う」

「ありがとうございます。そう言っていただけると嬉しいです。あ、ただ、そういう経緯があったもので、実は鷹崎部長の分はコレになりました」

「え？」

そして、俺は「いまだ！」とばかりに、ソファの影に隠していた特大の紙袋を出した。

「俺はまだやることがあるので、先に着替えておいてくださいね。俺の和室で、どうぞ」

ニコニコしながら、それを渡して後ずさった。

一瞬、「え？」って顔をしながらも、衣装を取り出した鷹崎部長の顔がフリーズしたが、そこは全力で見なかったことにする。

しかし、これと似たような現象が、今夜の我が家では、至《いた》る所で起こっていた。

「みっちゃんっ」

「耐えろ、武蔵。今回は、お前にも責任がある。ってか、俺らまで巻き込んだんだから、ここで泣くのは絶対に許さねぇからな」

「わかってるよっっっ」

二階で着替えを終えたデビルくん（サタンの小間使い）な武蔵は、コウモリの羽付きのタキシード風の繋ぎにオレンジ色のとんがり帽子と、比較的に大人しい衣装の割には、半べそだった。

バラキエル（七大天使の一人）の充功なんて、マタドールと見まがうような白地に銀色系の装飾が付いた豪華衣装（でも、細腰強調で、なんとなく短ランにも形が似てる）なのに、ちゃんと着ているところが律儀《りちぎ》だ。

中学二年生なんて、一番反抗したい年頃だろうに――――。

ここぞという時の充功の協調性には、頭が下がる思いだ。

そして、そんな二人を横目にしつつ、なかなか踏ん切りがつかないのか、双葉が衣装を抱えて俺のそばへ寄ってきた。

ラファエル仕様の双葉の衣装は充功のに似ていて、前から見たら白地に金装飾のマタドールだが、背面がロング丈になっている。その分、ゴージャスさがさらに増している。

それを思えば、ウリエル仕様の俺の衣装は白い学ラン風で、かなり大人しい？

そうは言っても、装飾はマタドールで、白地にプラチナ貼《ば》りなんだけど。

いずれにしても、プロが本気を出して遊ぶと、恐ろしいことになるというのを、今回は痛感した。仮装とかコスプレとかって言うと、ちょっとゆるいニュアンスだけど、我が家に届いたこれらはレベルが違ったからだ。

「ねえ、寧兄。この〝できすぎた衣装〟って、どういうこと？　どうして家族全員分があるの？　それも聖戦天使仕様で」

「いや…。なんかもう。俺が相談したのをきっかけに、お仲間さんたちが盛り上がりすぎたみたいでさ。ただ、父さん曰《いわ》く。仕事予定変更と一緒に、〝家族写真をよろしく！〟って言われてこの衣装を渡されたらしいから、それで察してくれってことみたいだよ」

世の中そう甘くないというか、これでも甘いほうかという理由を、俺は双葉に説明した。

ちなみにこの話を俺にしたときの父さんは、年に何度も見せない苦笑を浮かべていた。

その時点で、こうなる予想ができていたのかもしれない。

「それなら察《さつ》するしかない、我が家をきららちゃんの言う天界化するしかないのか」

「うん。武蔵やきららちゃんの笑顔には替えられないからね」

「でも、武蔵は笑ってないよ」

「これから笑うよ。全員そろったら、笑うしかないだろ」

「それもそうか」

――――とはいえ、衣装には金髪だの銀髪のカツラまでセットされていた。

このままどこかの舞台に立てと言われそうなぐらい、完璧なフルセットだった。

俺たちはまだしも、父さんまでミカエル様になるのかと思えば、逃亡の余地はない。

少なくとも俺から下は、まだ洒落になる年だ。

でも、父さんと鷹崎部長は――――ねぇ。

と、そんなときに玄関からインターホンの音がした。

「鷲塚さんかな？」

「いや。多分隼坂だから、俺が出るよ」

「そう。じゃあ、よろしく」

着替えから逃げるように双葉が迎えに出てくれたので、俺も自分の着替えは最後の最後に回して、いったんキッチンへ戻った。

「あ、そうだ。まだクラッカーを出してなかった。確か物置に残ってたよな」

俺は、幼稚園のパーティーみたいな飾り付けがされたリビングを見て思い出す。

そのまま階段下に作り付けられた物置に探しに取りに行く。

だが、廊下に出ると、何か妙な気がした。

「あれ？　双葉たち、どうして入ってこないんだ？　何かあったのかな」

なんとなく心配になり、俺は玄関扉を開けに行った。

「双葉――――っ！」

すると、扉を開いた俺の視界に、隼坂くんと双葉の抱擁《ほうよう》が飛び込んできた。

『へ⁉』

それも双葉が一方的に抱きしめられてるとか、拒《こば》んでるんじゃなく、がっちり二人で抱き合っている姿だ。

それこそ双葉がこんな顔するのは、俺に抱っこされてたときだけじゃないのかよ⁉　ってぐらい、安堵して甘えてる。

『えぇっっっ⁉』

俺は声にならない悲鳴を上げてしまった。

それだけならまだしも、ガン見したまま固まった。

「あ、寧兄」

「すみませんっ。こんばんは」

二人は慌てて離れた。

しかし、見るからに「しまった」「やばい」っていう表情を目にしたら、俺のフリーズは一気に溶けた。

「馬鹿っ！　そういうことするなら、むしろ中でやれって。なんで家の外でするんだよ！　バレちゃまずいのは家族じゃなくて世間だろうっ」

それどころか変な冷静さまで起こって、俺は二人の腕を掴んで、玄関から一番近い自室に引っ張り込んだ。

「さ、入って！」

「――――えっ⁉」

ただ、襖《ふすま》を開けた和室には、違和感ありまくりのサタン様が立っていた。

深夜発アニメの敵ボス様だけあり、天使サイドと違って、お色気《いろけ》全面押しの衣装だ。

漆黒のシャツとズボンは身体のラインが強調されるタイトなレザー生地で、特に腰のラインが艶《なま》めかしい。

無駄に開いた胸元にはブラックダイアモンドやオニキスの豪華絢爛《けんらん》ネックレス。

右肩に引っかけられた漆黒のロングマントには、肩から裾まで随所に黒い羽が盛り付けられて、「付いていきます魔王様！」って感じだ。

長い黒髪の付け毛も嘘みたいに似合っていて。何より設定上、素顔を見せないためのヴェネチアンマスクが妖艶《ようえん》さまで醸《かも》し出している。

俺は今すぐ1GBぐらい写真を撮りまくりたいぐらいだ。

こんな時でなければ！

「す、すみません部長。ちょっとだけ、ごめんなさい」

「あっ、ああ」

なぜなら、言われるまま衣装に着替えて、すっかり魔王になっていた鷹崎部長には土下《どげ》座《ざ》するほど申し訳なかったが。俺には双葉たちの抱擁シーンの衝撃のほうが大きかった。

この心拍数の上昇具合を実感すると、よく父さんや双葉たちは俺と鷹崎部長を認めてくれたと思う。

というか、こうなったら俺も頑張るしかない。

全世界を敵にしても、俺は双葉たちの味方だ！

「それで。何が、どうして、こうなった？」

俺はその場に双葉と隼坂くんを正座させると、自分も正座し、まずは経緯を聞いてみた。

俺の背後で一緒になって正座してくれている鷹崎部長が、もしかしなくても一番気の毒なことになっている。

「ごめん。なんか、言い出しづらくて。実は——」

俺が聞くと、双葉は修学旅行がきっかけだと話してくれた。

やはり、秋とはいえ南の海まで行ったら、弾けてしまったらしい。それも隼坂くんではなく、双葉のほうが！

「そ、そうだったんだ」

一度はふられた隼坂くんから、この先何かをするとは思えなかっただけに、俺には納得できる展開だった。

多分、いろんなことが積み重なって、いつの間にか「好き」の意味が変わったんだろう。

エリザベスがやらかしてから、今日までの時間を考えても不思議はない。

それほどここぞと言うときの隼坂くんはカッコよかったし、頼りになった。優しかったし、思いやりもあったし、双葉の友情が恋になったとしても、違和感がないからだ。

「もちろん、受験勉強が最優先だよ。勉強はおろそかにしないし、受験が終わるまでは現状維持って約束した上での付き合いだから」

それでも根が真面目な双葉は、今後の付き合いについて、受験優先を宣言した。

でも、それってヤスとかエッチはしませんっていうことか？

逆にモヤモヤするんじゃないか？

受験が終わるまでに、まだクリスマスやバレンタインが二回もくるんだぞ？

逆に、大丈夫なのか!?　と、鷹崎部長に発情中の俺は、素《す》で思ってしまう。

「すみません！　時期が悪いことはわかってます。そもそも僕がいけなかったんだし。でも、僕はやっぱり兎田が好きで。一度は諦めようとしたんですけど――」

しかも、隼坂くんなど両手をつくと、畳に額がつきそうなぐらい謝ってきた。

俺は、慌てて手を上げさせる。

「いいよ、いいよ。謝ることないって。だって、それで諦める前に双葉の気持ちが変わったんなら、問題ないよ。それに、なんとなくこんなことになるかなって。いや、なったらいいかなって、俺も思い始めてたから」

ある意味、これで俺の気がかりも一つなくなった。

多分、ここから新たな気がかりが生まれるんだろうけど、それはそれだ。恋も受験も全力でサポートしていくだけだ。

「兎田さん」

「寧兄」

「だから、これまで同様、家族共々よろしくね。隼坂くん」

「こちらこそ、よろしくお願いします」

ああ、一件落着！

『とはいえ、隼坂部長はどうしたらいいんだろうか？』

しかし、一秒後には頭を抱えそうな問題が、次々と俺の脳内に湧き起こった。

父さんや充功、士郎には折を見て話せばいいかと思うが、隼坂部長は別格だ。

そして、いまだどうしていいのかわからないまま、俺の背後で正座し続ける素敵なサタン様も、今の俺にはどうしていいのかわからない。

『あ、だんだん冷静になってきたんだろうな。隼坂くんが鷹崎部長から目をそらした。双葉はガン見して、わくわくしてるのがわかるけど、隼坂くんのほうは混乱中だ』

すると、これも天の助けだろうか？

新たな来客を知らせるインターホンが鳴った。

「いらっしゃいませ」

出迎える声がした。ここは父さんが出てくれたようだ。

「あっ！　えったん！」

「おじいちゃんとおばあちゃん！」

「鷲塚さんも一緒だ。いらっしゃーいっ」

七生ときららちゃんと樹季の声もする。

どうやらこれで全員かな？

階段から足音もするから、充功と武蔵も下りてきたようだ。

「きゃーっっっ。バラキエル様っっっ」

きららちゃんの絶叫が物語っている。

この上、サタン様が姿を現したら、引きつけを起こすんじゃないだろうか？

「じゃあ、俺もそろそろ着替えてきますね。鷹崎部長」

俺は、とりあえず部屋を出て、二階でウリエル衣装に着替えることにした。

「あ、じゃあ俺も！　隼坂、鷹崎さんとリビングで待ってて」

「ああ、わかった」

この場で隼坂くんにサタン化した部長を任せてしまう双葉には、これまで以上に強い血のつながりを感じた。

『ごめんなさい、鷹崎部長。でも、部長のサタン様、やっぱり超カッコいいですっ！』

心の中で両手は合わせ。

しかし、きららちゃんにも負けないぐらいはしゃぎながら――――。

ここまで来たら腹を括《くく》るしかない。

俺と双葉はきららちゃんの言うところのウリエル様とラファエル様に着替えてから、一階へ下りた。

「きゃーっっっ！　ウリエル様、ラファエル様、素敵っ！　きらら、天界にいるわ。天界にいるわぁ～っっっ」

「ひっちゃ、ふっちゃ、きゃーっ」

「ひっ、ひとちゃん。ふたちゃんっ」

さすがに金髪、銀髪のカツラには手が出せず。衣装だけを着る形を取ったが、それでもそうとうな破壊力だ。

自分が自分でないような錯覚に陥るぐらい、異世界的な格好だ。

きららちゃんどころか、七生や武蔵まで大きな目をくりくりにしてはしゃいでいる。

リビングの幼稚園丸出しな飾り付けがなかったら、現実を忘れそうだ。

そして、こういうところは、年齢は関係ないのかな？

「ねっ、おばあちゃん。ウリエル様たちカッコいいよね！」

「本当、もうドキドキしちゃう。きららちゃんのパパも素敵よぉ。おばあちゃんも、あと五十年若かったらね〜」

いつになくきららちゃんとおばあちゃんが意気投合《とうごう》。ソファに座って、女同士でキャッキャしていた。

「何を言ってるんだか。ばあさんまで一緒になって」

これも焼きもちなのかな？

おばあちゃんの隣で、おじいちゃんがすねている。

すると、きららちゃんが身を乗り出して、

「今度はおじいちゃんも神さまをやってくれないかな？」

「うむ？」

「天使たちの神さま、おじいちゃんだけど、すっごーくカッコいいんだよ。先生が渋くて素敵ーって言ってた！　おじいちゃん、そっくりなんだよぉ」

「そ、そうかのぉ〜っ。ほっほっほっ」

一瞬にして機嫌を直すどころか、超ご機嫌にしてしまった。

おばあちゃんが永遠に女なら、おじいちゃんも永遠に男だってことらしい。

まあ、きららちゃんにニコニコしてお願いされたら、大概は聞いちゃうけどね。

「士郎くんのガブリエル様も、樹季くんのイェグディエル様もカッコいいよ」

「あ、ありがとう」

最初は充功のようなマタドールタイプの豪華上着に半ズボンがセットされた衣装を見て黙り込んだ士郎も、着用後三十分にして諦め始めている。

「きららちゃんもすっごく可愛いよ」

「へへへっ」

俺たちのようなゴテゴテな上着がない代わりに、レースひらひらな王子様ブラウスに半ズボンという樹季は、けっこう早い段階で開き直っていた。

やはり、スカートでなければ、受け入れＯＫらしい。

「ところで、父さんは？」

「あ、下りてきた――――っ!!」

そこへ、最後に着替えに上がった父さんが、リビングに現れた。

ミカエル仕様なのに、全身黒づくめなのは、サタンの僕《しもべ》という訳ありな設定のためだ。

――――が、この場にいた全員を瞬時に黙らせたのは、それが理由ではない。

「説明書どおりに着たんだけど、これでいいのかな？」

父さんは、俺たちでさえ見なかったことにしたカツラまでちゃんと被って現れた。ゆるふわロングの金髪がルーズに肩でまとめられて、それがいっそう父さん自前のきらきら具合をグレードアップしている。

何より、あれだ。鷹崎部長のヴェネチアンマスクはカッコいい系のマスクだけど、父さんのほうは黒レース仕様なんだ。

しかも、アニメ設定は理解できるが、リアル・ミカエルのロングシャツ？　上着？　が、フリルたっぷりのシースルーである必要が、いったいどこにあるんだろうか？

宝飾系のキラキラ感はまったくないのに、シンプルでちょっと透けた感じの衣装が、かえって父さん自身と金髪を強調していて、もう――きらんきらんだ。

あまりの完成度に、きららちゃんが黙るって、よっぽどだ。

「あっ、妖《あや》しい。あれはもう、美魔女クラスですよね」

恐る恐る言葉を発したのは、鷲塚さんだった。

「兎田さん。きちんと仕事仲間を選べているんだろうか」

「どうでしょうね。仕事はきちんとしてても、趣味は保証できない感じがしますよ」

「――だよな」

部長は何か別の方面で心配をしていた。

おそらくシースルーのためだろうが、俺もなんだか心配になってきた。

「父さんは大天使バージョンじゃなくて、サタンの僕《しもべ》バージョンなんだな」

「だから黒仕様なのか」

「それにしても…ね」

双葉、充功、士郎は俺や部長たちと同じ心境かな?

「お父さん、カッコいい」

「きゃーっ」

「とうちゃんも黒だ！　俺ときららパパと一緒だ！　やったー」

樹季や七生は見たまんまはしゃいでた。

思いがけないことで喜んだのは武蔵だ。

『そう言えば、園ママたちの一押しはサタン×ミカエルなんだよな。こんなの見たら、父さんが七人の子持ちだってことを忘れて、リアル萌《も》えされそう』

だが、武蔵の無邪気な反応が、俺の中にどす黒い嫉妬を巻き起こす。

『ってか、この衣装、明らかに狙ってないか!?　こんなことなら俺もカツラを被ったほうが、よかったか?　なんか、二人だけが完全に闇の世界なんだけど！』

正直者だけが別世界に行ってしまった感じがして、俺は後悔先に立たずだ。

カツラがあるかないかで、こんなに世界観が違うなんて！

――――と、いきなりインターホンが鳴った。

「あ、回覧板かな」

「えっ！　ちょっと、父さんっ！」

我《われ》に返った俺が、慌てて止めたが間に合わなかった。

父さんは、いつもの調子で「はーい」と玄関を開けにいってしまった。

「きゃーっっっ‼　兎田さん！　何がどうして、そんな素敵なカッコ‼」

「ミカエル様だーっ。ミカエル様がいる‼　ウリエル様やにゃん子ちゃん、エンジェルちゃんもいるわっ！」

追いかけた俺も見つかった。

訪ねてきたのは、向かい斜めのお家《うち》の柚希《ゆずき》ちゃんとそのお母さんだった。

はしゃいで付いてきたきららちゃんや七生もバッチリ目撃された。

もう――――どうしようもない。

「あ、これはその…。それより、回覧板ですか？」

「いえ、そうじゃないの。幼稚園のカレーを持ってきたの。柚希が武蔵くんにもって言うもんだから」

「そうだったんですか。ありがとうございます。武蔵！　柚希ちゃんがカレーを持ってきてくれたよ」

しかも、理由が理由だ。

父さんはお持ち帰り用の容器に入ったカレーを笑顔で受け取り、武蔵を呼んだ。

「あ！　武蔵もデビルくんになってる！」

「みっ、見るなよっ」

「見せて見せて！　カッコいいじゃん」

「引っ張るなよっ」

はしゃぐ柚希ちゃんは武蔵の一個上の年長さんだ。

きららちゃん以上におしゃべりも達者だし、武蔵に対してはお姉ちゃん目線なものだから、からかうようにはしゃいでいた。

でも、カッコいいと言われるのは、武蔵もまんざらじゃないのかな？

本気では嫌がっていない。が、それを見たきららちゃんが、一瞬目を細めた。

あれ？　あれれ？　だ。

「せっかくですから、少し上がっていかれませんか？　エリザベスやおじいちゃんたちも来てるんです。柚希ちゃんも、エリザベスが大好きでしょう」

「きゃっ!! ありがとうございます! もちろん、喜んで!」

そうして、今夜も父さんのウエルカム精神が発揮された。

そしてそれは、何故か瞬く間に家族中に蔓延《まんえん》していった。

「うわーっ。すごいね、士郎くんの家って。運動会のときもすごかったけど、ハロウィンはもっとすごいんだね」

一時間もしないうちに、ダイニングテーブルでは、龍馬くんが士郎と一緒にカレーを食べていた。

「今日が特別なだけだよ。十年生きてきたけど、生まれて初めてのことだから、そこは誤解しないで」

「うん。でも、僕には一生なさそうだよ」

「だったらこの服貸そうか? 着てみたら」

「ううん。遠慮しとく。僕には似合う気がしないもん」

「そう」

ゆくゆくはサッカーでミッドフィルダーを目指しているらしい龍馬くんは、俺が思う以上に冷静な子だった。

士郎的には、巻き込みたかったのだろうが、あっさり躱《かわ》されてしまう。将来有望だ。

「そうそう、地酒が美味《うま》いんですよ。今度持ってきますので、よかったら飲んでみてください」

「それは楽しみじゃのう。ぜひぜひ」

ちなみに龍馬くんのお父さんの飛鳥さんは、すでにお隣のおじいちゃんと和気藹々《わきあいあい》になり、さりげなく人脈を広げていた。

なんてことはない。たまたま田舎から特産物が届いたからとお裾分けに来てくれたら、こういう状態だ。

そして、リビングの端っこでは、珍しく樹季が接客中だ。

「ごめんね。せっかくお母さんといっしょに来てくれたのに、沙也夏ちゃんしかお家に入れてあげられなくて」

「ううん！　お母さんも嬉しそうだったよ。沙也夏だけでもみんなと遊べて、よかったねって。もう、元気だから、あとでお迎えに来てくれるし。それまでエンジェルちゃんと遊ばせてもらえて嬉しいよ」

「よかった」

「樹季くんのイェグディエルもすっごく似合うね。絶対ににゃん子ちゃんするよりカッコいいよ。樹季くんのお家、本当に天界！」

「へへっ」

エンジェルちゃんを交えて、お母さんの退院報告とお礼に来てくれた沙也夏ちゃんと遊んでいる。

ここにきららちゃんが混ざっていないのは、別の隅で武蔵と柚希ちゃんと微妙な盛り上がり方をしているからだ。

「すごい。きららちゃんって、お人形さんみたいに可愛いね。本当ににゃん子ちゃんみたい。もっと早くに教えてくれたらよかったのに、武蔵ずるいよ！」

「う、うん」

「あ、帽子曲がってるよ。柚希が直してあげる」

「――――」

士郎に恋する乙女なはずのきららちゃんだったが、今夜は何故か武蔵の幼馴染《おさななじ》みの柚希ちゃんに目が釘付けだった。

柚希ちゃんは武蔵が生まれたときから弟分的に可愛がってくれているし、好みは充功くん！　と言い切る子なので、単純にお姉ちゃん気分で構っているのだが――――。

「きららがやってあげるよ。だってきらら、みんなのママだし、武蔵のママだもん」

『へ!?　そっちなの？』

「そうなんだー」

「うん」

「きららママちゃんも可愛いねーっ」

「ありがとー」

女の子って、複雑だ。

俺には本心がまったく読めない展開だけに、ここは目をそらすことにした。

だが、そんな俺の視線の先には、士郎が用意したのかな？

おままごと用のミニテーブルに置かれたノートパソコンに向かって、七生が一生懸命話をしていた。

はしゃぎすぎて、ひっくり返らないように、エリザベスが背もたれになってくれている。

「なっちゃ。えんちゃやにゃんの、パンプパンプよぉっ」

〝そうかいそうかい。今日もまた一段と可愛いね〟

「へへっ。かーいー」

〝本当に、どうして私はこんな時に限って、イギリス出張なんだ……〟

「ほんちゃっちゃ、ないないよーっ。たまももーろ、あいっ！」

〝ありがとう。七生くん〟

スカイプの相手は、ハッピーレストランの本郷常務だった。

『本郷常務。イギリスってことは、今は仕事中なんじゃ？』

ここも俺は見ないことにした。

話も聞かなかったことにして、目をそらす。

すると、

〝どうしてもっと早く教えないんだよ。有給取って行ったのに！　何、お前ばっかり楽しいことしてるんだよ。ってか、お前は俺の親友だろう！〟

リビング続きの和室（俺の部屋）から部長とスカイプ中だった獅子倉部長の声が聞こえてきた。

「昨日の今日で、カンザスから来れるわけがないだろう」

〝二十四時間前に知ってたら、どうにかできた！〟

「無茶言うなよ」

〝無茶も何も、お前の悪魔顔はいいから、兎田さんを見せろ。ミカエル様や子供たちを出せって。少しは気を利かせろよ。ほら、早くっ！〟

「はぁ」

本当。みんな時差丸無視だ。

部長はスマートフォンを片手に和室から出てくると、俺と目が合い苦笑した。

なんとなく俺も苦笑し、そのまま和室を通って、廊下に出ようとした。

トイレに行こうとしたのだが、

「隼坂。他言無言だからな。学校では絶対に言うなよ」

「言うわけないだろう。写真も流出しないから安心していいよ」

「ってか、撮るなって！」

「どうして？　いろいろ御利益があって、お守りにもなりそうだよ。大大使ラファエルの待ち受けなんて」

「待ち受けはやめろよ。それこそ誰かに見られたらバレるだろう。いろいろとっ」

「あ、そうか」

馬に蹴られたくないので、我慢した。

これまでなら、ただの立ち話だろうと思うのに、今夜はデートに見えるから不思議だ。

家の廊下なんて色気も素っ気もないのに、照れくさそうな二人の顔が、俺の頬を赤くする。

『風にでも当たろう。なんかもう、こっちが照れるよ』

きっとこれまで、さんざんこういう思いを双葉や充功たちにさせたんだろう。

俺は、和室からリビングに抜けると、そのまま庭のウッドデッキに出た。

すると、すでに先客がいた。

「――――で、寧。どうしたら、こんなことになるんだ？」

鷲塚さんだった。

「さあ。武蔵にカレーの差し入れが届いたまでは記憶にあるんですけど」

「もともと人がいるキャンプ場でもないのにな」

「本当にそうですよね」

中の人の熱気に当てられたようで、ちょっと涼んでいる感じだ。

ウッドデッキから少し離れた庭の端、玄関側のほうには、充功とお友達たちの姿も見える。

「それよりあっちでカレーを食べてる子たちって、充功の友達だったんだな」

「はい。いつ来たのかはわからないんですけど、意外に何も気にしないで溶け込んでますよね。見た目ほど怖い子っていうか、悪い子たちでもないのかも。で、あの子たちが何か？」

充功がいつも一緒に遊んでいる子（代わる代わるで四、五人いる）は、このあたりの土地柄では、けっこう派手な子たちだ。

おそらく都心に出たら、それほどでもないんだろうけど、田畑が残るようなベッドタウンのここでは、正直言って不良っぽく見えてしまう。

見えるだけで、人様に迷惑をかけたという話を聞いたことがないが、それでも充功同様喧嘩っ早いらしい。

正直な話、心配だ。

それだけに、鷲塚さんと何かあったのだろうかと、身を乗り出した。

「いやさ。今夜、ここに来る前に、そこのコンビニに寄ったんだ。で、出入り口のところであの子たちが、六年生ぐらいの男の子の腕を掴んだから、やべえ！　かつあげかって思ったら、万引き阻止だった」

「え？」

「黙っててやるから、品物を戻すなり買ってこいって。このまま店から出たらお前の一生が終わるぞって言ってさ。結局、品物を買わせてた。しかも、帰り際《ぎわ》には一日一善とか言って、盲導犬用の募金箱に小銭を入れてて…。もう、一瞬でも〝やべえ〟と思った自分に大反省したよ。これじゃあ、自分をゆとり扱いして馬鹿にした連中と変わらないじゃんって。もちろん、本人が見た目で誤解されないようにすることも大事だけどさ」

充功たちに聞こえないように話す鷲塚さんの顔に、珍しく苦笑が浮かんでいた。

誰が責めるわけでもないだろうに、自分で自分が許せなかったんだろう。

俺も、かなり胸が痛い話だった。

「――――でも、充功の友達だったんなら、納得だ。あいつ、なんだかんだで、人を見る目があるし。いい意味で兎田家のウエルカム気質が発揮されてるのか、外見や上《うわ》っ面《つら》だけでは判断しないいんだよな。とりあえず、付き合ってからふるいにかけるみたいだし」

「そうですか」

以前、俺が充功の友達が派手っぽいのが心配だと話したら、部長は「充功くんは心配ないだろう」と充功自身を見て笑っていた。

そして、今夜。鷲塚さんは何も知らないままお友達そのものを見て、外見で判断してしまったことを反省している。

けど、充功の選択自身は、初めから信用していたようだ。

これまでの会話や、傍で見てきた様子で、この子はこんな子かなって、いろいろ考えていたのかもしれないけど。

それにしたって、俺たち兄弟のことをよく見てくれている。

「いい子たちだよな。充功だけでなく、みんな。個性もそれぞれで、大人の顔色を窺っているわけでもないのに、根っから素直で優しくて。他人の俺からしても、可愛くて仕方がない。一緒にいると優しくなれるし、癒される。ね、部長」

「え？」

俺や、鷹崎部長のことまで！

「そうだな」

『いつからいたんだろう、部長』

もしかしたら、俺が外に出たところから、気にしてくれてたのかな？

まったく意識してなかったけど、二人きりで何話してるんだろうって、気にかけてくれたのかな？

「変に勘ぐらないでくださいね。今の俺はナイトと新商品開発に夢中ですから」

「了解」

いや、俺が鷹崎部長の立場なら、絶対に嫉妬しているパターンだ。

自分が嫉妬深いんだから、逆に同じような思いというか、気がかりを持たせないように、注意しなきゃ。

「そろそろみんなで記念写真を撮るよ」

リビングからは、父さんの声が聞こえてきた。

「わーいっ！　みんなでお写真だーっ」

「えったん。えっちゃにゃん。パシャよーっ」

「バウバウ」

「みゃ～っ」

俺は、この場で充功に声をかけつつも、一緒にいたお友達にも「よかったら、どお？」と声をかけた。

すると、丁寧な口調で「けっこうです」「お気遣いありがとうございます」「カレー、ごちそうさまでした！」と、意外に体育会系なノリで断られてしまった。

というか、逃げられた。

それを見て鷹崎部長と鷲塚さんがクスクスしていたが、

「それにしても兎田さんは、何があってもぶれない人だな」

「ですね」

その後は写真撮影を仕切る父さんに感心しきりだった。

充功は「俺が撮ってやるよ」と言い、撮影からは逃れようとしていたが、

「大丈夫だよ。父さんでも自動の使い方はわかるから」

あっさり笑顔で躱されて、アルバムに充功的黒歴史を残した。

エピローグ

無事にパーティーを終えた翌日、十一月一日。

俺はいつもと変わりなく、出社した。

さすがに部長や鷲塚さんは、うちから出勤するわけにはいかないからと、夜のうちに帰ったが、二人にかなり負担をかけてしまった。

〝いやー！　面白かった!!　本当に、天界だった。呼んでくれてありがとう〟

もちろん、鷲塚さんは両手放しで喜んでくれた。

みんなの仮装（特に部長の）が見れて、終始大はしゃぎだった。

〝きららの笑顔が守れたんだから、これぐらいはたいしたことじゃない。それに、今回は俺が判断しきれなかったことを兎田さんに決めてもらえて、これまでぼやけていた育児のなんたるかもはっきり見えてきた。かえって助かったし、ありがたかったよ〟

鷹崎部長も、個人的には偉い目に遭ったと思っているだろうが、父親としては喜んでくれた。

心から感謝して笑ってくれた。

でも、実際疲れただろうなと思うと、俺はいつもの休憩室でマイボトルを握りしめながら、溜息を漏らした。

俺でさえ、平日のど真ん中に夜まで騒げば、後半が厳しいから――。

「おはよう。兎田くん。今、ちょっと話していいかしら？」

「え、はい。どうぞ、俺の隣でよろしければ」

「ありがとう」

突然声をかけてきたのは、吉原課長だった。

俺になんの話があるのか、まったく予想がつかない。

接点があるとしたら、育児の話？

もしくは、鷹崎部長のこと？

もしも「鷹崎部長には彼女がいるのかしら？」なんて話だったら、はっきりきっぱり「会ったことはないけど、いるみたいです」って答えるぞ。

ここはもう、自己防衛だ。俺にできることは、焼きもちを焼くことでも、勝手にいじけることでもない。

『誰にも取られたくない人は、自分で死守するぞ！』

　これに尽きるはずだ。

「実はね」

　だが、過去最高に臨戦態勢に入った俺に対し、吉原課長からの口からは、部長のぶの字も出てこなかった。

　先日の階段落ちの怪我がどうとか、そういう探りもまったくなしだ。

　それどころか、俺にとっては吉報《きっぽう》で――――。

「離婚した旦那さんと再婚することになったんですか？」

「ええ。これも兎田くんのおかげよ」

「俺ですか？」

　まったく意味不明で理解もできないが、吉原課長の口から出てきたのは、俺の名前。

　そして、とびっきりの笑顔と感謝だった。

「私の夫ってね。何年もの間、保守的になりすぎていて、仕事そのものに嫌気がさしてたの。いろんなことに投げやりで。そして、そんな彼を見ているのが嫌で、私は職場復帰と共に離婚したんだけど――――そんな彼が突然昨夜になって、連絡してきたの。最近、自分の半分しか生きていないような青年に叱咤《しった》されて、日が覚めた。クビになってもいいから、最後に一本、納得のいく企画番組を作りたい。もう一度テレビに夢が見たい。それで退職願いと一緒に企画書を出したら、通してもらえたんですって」

でも、吉原課長の説明は、俺には何か「あれ?」って内容だった。

どんどん鼓動が高鳴って、やばいって状態に追いやられる。

「ただね。これで視聴率が取れなければ、クビになるかもしれない。でも、子供に恥じない番組を作るから、是非《ぜひ》見てほしいって言うから、クビになったら食べてけないでしょう。すぐに再就職も厳しいでしょう。だったら、私たちの子供の世話してよ。再婚してよって言っちゃったのよ」

だって、この話から察するところ、吉原課長が再婚するって言ってる人は、関東テレビのプロデューサーさんだ。CM出演のゴタゴタのあとに偶然会った居酒屋のトイレで絡まれて、返り討ちにするぐらい、俺が罵倒《ばとう》しまくった男性のことだ。

「だって、連絡をくれた彼が、私の大好きな人に戻ってたから。この先どんな仕事についても、また本当に主夫になっちゃっても、大丈夫。今のこの人ならまた一緒にいられるって思えたから」

しかし、びくつく俺に対して、吉原課長はすごく幸せそうに笑った。

これまで俺が何度となく見かけた吉原課長が、ただの仕事人だった。女性としての顔は、こういう感じだったんだって、はっきりわかるほど、優しい表情をしていた。

「ありがとう、兎田くん。うちの浜田《はまだ》にガツンとやってくれて。どんなことにもリスクは伴《ともな》う。それを恐れたら、何もできない。失敗もない代わりに、成功もないんだって教えてくれて」

「いえ、そんな。けど、すごい偶然ですね。吉原課長が浜田さんの奥さんだったなんて」

「そうね。過去と、これからの未来のね」

俺は、あのときは言い過ぎたと後々反省していたが、結果オーライでホッとした。

むしろ、浜田さんが失業覚悟で作りたいと思ったテレビ番組がどんなものなのか、観てみたいと興味が起こった。

「さてと。私も仕事頑張らなきゃ！　じゃあ、またね」

「はい」

話が終わると吉原課長は、カウンターチェアから下りて、仕事に向かった。

こういうときの女性のヒールの音って、とても覇気《はき》に満ちて聞こえる。

力強くて、前を向いて歩いている感じがとても伝わってくる。

しかも、

「そうか。浜田プロデューサーの奥さんだったのか。しかも、再婚するってことは…。ああ、よかった！」

　これは紛れもない不戦勝だが、俺は心から安堵した。

　少なくとも、これまでの自分には勝ったような気になれた。

「どうしたんだ？　何がよかったんだ？」

　そんな俺に声をかけてきたのは、鷹崎部長。

「あ、おはようございます。鷹崎部長。実は…」

　俺は、すぐにでも吉原課長との話を説明しようと思った。

　しかし、よくよく思い出したら浜田さんともめたことは、鷹崎部長には話してなかった。

　あのあと、獅子倉部長とのやり取りや、その後の双葉の受験ことでドタバタしていて、正直頭から抜けていた。

　それを思うと、今更という気もして、説明しづらかった。

　俺がどれだけ罵倒したとか、知られちゃうし――――。

「内緒です」

「なんだよ、いきなり」

「そのうち言います。でも、今は内緒ってことで」

「おいおい。まさか彼女からデートに誘われたとかじゃないだろうな」

ただ、俺がどうでもいいようなことを隠したばかりに、鷹崎部長に変な誤解をされてしまった。

「え!? 違いますよ」

「ならなんだ。気になるじゃないか。今すぐどこかに引き込んで、口を割らせるぞ。資料室あたりが手頃か？　ん？」

しかも、変なスイッチまで入れてしまった！

小声でぼそっと言われただけだが、それが逆に俺の尾てい骨を刺激した。

その上、キスの代わりに軽くウィンクなんかされたら、もうっっっ!!

『しっ、資料室でチューー!?』

俺はこの段階で、今日は使い物にならなくなった。

「おはようございます。今日は早いですね。鷹崎部長」

「おはよう、鷲塚。遊んだ翌日こそきっちりってやつだよ」

「なるほど」

鷲塚さんが出勤してきて、鷹崎部長が普通に対応していたところで、冗談だってわかりそうなものなのに――――。

『資料室でか…』

突如として湧き起こった危険な好奇心に捕らわれて、俺は逃れる術《すべ》を失った。

『社内恋愛っぽいな…って、違う！　誰かに見つかったらどうするんだよ。資料室は駄目だ。社内だけは駄目だ。絶対にチューは厳禁だ！』

あとでこのことを鷹崎部長に話したら、本気で吹き出されて、笑われた。

おしまい♡

次男も恋愛？

～告白は突然に～

いつから、どこから、気持ちが変わったんだろう？

ここ最近の俺、兎田双葉《とだふたば》は何かに迷ったり新しいことを決めたりすると、一番最初に隼坂《はやさか》にメールを送るようになっていた。

〝唐突だけど、家族会議で受験が決定。何かのときには、アドバイスよろしく〟

それもごく自然に。

ある意味、何も考えず――――。

「メール機能なんて、携帯の頃から家族と生徒会とバイトが主で、対個人ではそんなに使ってなかったのにな」

無意識に漏れた独り言。

俺は、スマートフォンを片手に、自室のベッドに寝転んだ。

今になって、充功《みつぐ》に殴られたところが効いてきた。

明日は腫《は》れているかもしれない。

「――――と、電話だ」

かけてきたのは隼坂だった。

メールの内容が内容だったから、文字より言葉を選んだのだろう。

まあ、そのほうが手っ取り早いし。こういうところが隼坂の性格を物語っている。

「もしもし」

〝兎田？　メールありがとう。受験、決めたんだな〟

「うん。これっていう目標もないのに、安易《あんい》に就職を選ぶなって、寧兄《ひとし》からガツンとやられてさ。いずれにしたって一生働くんだし、少なくとも俺ぐらいの野望を持ってから決めろって」

俺は寝転んだまま話を始めた。

きっと隼坂は勉強中だったことだろう。

今も机に向かっているかもしれない。

なんとなく、そんな姿が想像できる。

〝お兄さんの野望？　寧さんからはイメージできない言葉だね〟

「身を粉《こ》にして働くなら食い物や。社員割引から伝《つて》からフルに使って、我が家の食費削減。弟たちにおなか一杯食べさせる。そこまでは何度も聞いてきたけど、現実的に見ても同期で取り分が一番多いって。給料だけだと大卒者には及ばないが、割引恩恵《おんけい》まで合わせたら、兄さんが一番もらってると思うって、胸を張られちゃたよ。俺の就職はそこまで考えた上での決断だから、同等の気持ちがないなら大学行って将来を考えろって」

〝うわぁ…。寧さんらしいのか、そうでないのか微妙なところだね。けど、生きていく上で食費の割合ってやっぱり大きいから、そこを自社製品で埋められたら強いよね。そもそも寧さんの同期に、自社製品をまめに買って調理するって人がどれぐらいいるかって考えたら、多いとは思えないし。仮に家族の分を買ったとしても、年間消費量は比べものにならない。何より寧さんの人柄だったら、取引先の恩恵にもあやかれそうだから、トータルで考えたら、確かに圧勝だね〟

エリザベスとエルマーのことがあってから、隼坂とは急速に距離が近くなった。

そして、その距離を近づけたのは、責任感に駆られた俺のほうで隼坂からではない。

それが証拠に、隼坂は最初「大丈夫だよ」「兎田が気にしなくても平気だから」としか言っていなかった。

余りに俺が動揺して、気にしていたから、まめに対応してくれたにすぎない。

そう考えると、子犬のことがなかったから、今のこの会話もなかっただろう。

勘違いなスキャンダルもなかったし、本当に、いろんなことがなかったような気がする。

特に――――この大学受験は。

「おかげさまで。最近ではハッピーレストランからの恩恵まで受けてるしな」

〝そこは当然の権利だよ。ＣＭ効果で、相当売り上げが上がったって聞いてるから、最初の出演料だけじゃ申し訳ないって状態だろうし。そのあとも、あれこれあったんだから、せめて何かしないと、うちの父さんや本郷《ほんごう》常務とか気が気じゃないだろうからね〟

「そっか。なら、有り難く受け取っておこう」

高校を出たら、寧兄みたいに就職するつもりだった俺の中で、突然「大学」の文字が頭に過ぎったのは、間違いなく隼坂の影響だ。

家族構成上、これまで自分ではけっこうしっかり者だと思ってきたが、それは家族に対してのことであって、自分のことじゃなかった。

家族のことにしたって、いざ話をしてみれば、寧兄のしっかりさには、足元にも及ばない。こんな俺の戸惑いのために、金を工面《くめん》しようとした充功のほうが、よほどビジョンがはっきりしていたかもしれない。

俺が感情のまま充功に掴みかかってしまったのは、自分への情《なさ》けなさもあった。

それぐらい、隼坂が俺に見せた〝子供の頃からの夢〟や〝希望〟、何より〝そのために努力する姿勢〟は衝撃的だった。

大きな影響力があったということだ。

〝それで、志望大学の目処《めど》は付いてるの？〟

「全部これからかな。情けない話だけど、大学に興味が出てきたこと自体、最近だから」

〝そこは、ギリギリまで考えて決めてもいいいんじゃない。兎田の成績なら、今からでも十分間に合うと思うし。何か協力できることがあったら、僕もするからさ〟

「ありがとう。助かるよ」

こうなると、弟たちの面倒を見ながら勉強してきたことが、唯一の救いだ。

それにしたって、士郎を交えての自宅学習だったがゆえに、俺が思う以上にレベルが高くなっていた可能性は否《いな》めない。

実際のところ、士郎が今、どれほどのレベルにいるのかはわからないが、俺が宿題なんかで行き詰まって「どう思う？」って聞くと、「こう思う」って返してくる。

それで、「ああ、そうか」なんてことも、我が家では頻繁《ひんぱん》だ。

ということは、士郎なら今の段階でも十分、大学を受けられるのかもしれない。

本人、興味が湧いたことに専念するには、小学生をやっているほうが都合がいいみたいなことを言っていたが、それにしたってだ。

そして、こういう状況下で日々を過ごしているから、俺は〝自分が大学へ〟という気も起こらなかったのだが――――それも今となっては、言い訳だ。

俺が自身の将来を安易に捕らえて就職していたら、いずれは士郎に負担をかけていただろう。それこそ、家族の重すぎる期待や応援を背負わせて。

俺は、充功にそれをされたから気づくことができたし、実感できたようなものだ。

士郎のためにどうこうすることが、必ずしも士郎のためにはならないんだって。

〝それにしても、寧さん。恩恵込みとはいえ、同期で一番潤っているって言い切れるってすごいな。給与明細だけで計らない価値観のなせる技だし、それだけで気持ちがギスギスしないよね。何より営業職なら、学歴で左右されるのは最初だけだ。すぐに恩恵なしでも同期でトップになるかも〟

「そうかもな」

〟――――と、ごめん。父さんに呼ばれたから、切るね〟

あれこれ考えながらしていた電話は、隼坂のほうに用事が入って終わってしまった。

「ああ。わざわざありがとう」

〝こっちこそ。じゃ、また。お休み〟

「お休み」

今夜も最後のお休み相手は、隼坂だった。

最近、電話でもメールでも、このパターンが多い。

連絡そのものが寝る前のプライベートタイムだからというのもあるだろうが、それにしたって不思議な感じだ。

「そう言えば隼坂って、今でも俺のことが好きなのかな？」

ふと、俺の頭を過《よ》ぎった。

隼坂は今でも、俺に恋をしてるんだろうか？

それとももう、あれはなかったことになったんだろうか？

きららちゃんじゃないけど、今はみんなで和気藹々《あいあい》状態だ。

隼坂自身も、それを楽しんで、大切にしているのが見てわかる。

そしたら、俺ともめる可能性のある要素は、自分で排除していくだろうし、そもそも一度は「ごめん」と謝られた。「これからは態度を改める」とも言われた。

「気にしたところで、しょうがないが。入り口が告白だったから、ややこしく捉えてるだけで、単純に友人として距離が近くなった。家も近いから、行き来も多くなったって考えるほうが、わかりやすいもんな」

俺は、ベッドヘッドに置いていた充電器コードにスマートフォンをつなげると、部屋の電気を消した。

「父さんと獅子倉《ししくら》さん、まだ二人で飲んでるのかな？　それとももう、獅子倉さんが潰されて寝てるのかな？　父さん。ああ見えてザルだから、いざ飲み始めたら獅子倉さんのほうが心配だ。まあ、そこは寧兄と鷹崎《たかさき》さんがフォローしてるだろうけど。それにしても、獅子倉さんも男前だな――」

我が家には、興味や好奇心もそそる出来事が次々に起こるから、俺も気持ちが逸《そ》れたまま眠りに就いた。

＊　＊　＊

いつにも増してイベントの多い十月。

俺や隼坂の通う都立台場《だいば》高校は、第四週末に絡めた三泊四日の修学旅行で沖縄へやって来た。

「うわーっ。まだ暑いんだな。半袖《そで》でちょうどいいや」

「でも、二十度ちょっとって、沖縄的にはちょうどいい気温じゃないか？　暑すぎず、暑すぎずで」

「何だよ、それ」

「言葉のままだ。本州よりは暑いと言いたいだけだな」

「は⁉」

「――――けどさ、やっぱり湿度が違うよ。さらっとした暑さで、気持ちがいいじゃん。空も海も綺麗で、みんなも連れてきてやりたいな～」

一クラス三十人から三十五人で六クラス。

最初の二泊は本島《ほんとう》で、残りの一泊を宮古島《みやこじま》ですごして、名所巡りやマリン体験をするという慌ただしい日程だ。

「うわっ！ やっぱり出た。兎田のファミ・コン、ブラ・コン。俺の勝ち！」

「それを言うなら、みんな勝ちだ。これは賭けになってなかった」

「――――何の話？」

「修学旅行中に兎田が、家族の話をするかしないかって話。賭けようぜって言ったら、全員〝話をする〟で一致しちゃった件」

「――――ひでぇな。何だよ、それ」

「いや、俺たちにとっても、かなりの癒しってことで。な」

「そうそう。一日一回聞かないと、もはや落ち着かない体質になってきた。だから、この旅行中も、家から動画が送られてきたら見せてくれ。俺はもう、七生《ななお》ちゃんのお尻フリフリの大ファンだ。綺麗なお兄さんとのツーショットなら、ご飯三杯は食べられる」

「おまっ！　それもう危険な域だろう」

「わっははは。だってきらきらなんだもん」

　基本は男女別五、六人単位でのグループ行動で、既に各班で巡り方も決めてあるので、同じクラスでも行動が別々なんていうのが普通に起こる。

　逆を言えば他のクラスの連中とかち合うことも多く、中には企画段階で示し合わせて行動を一緒にする班もあるので、最初から最後まで十人、二十人が一緒に行動なんていうケースもある。

　もう、誰が何言ってるんだよって感じの賑《にぎ》やかさだ。

「でもさ。冗談抜きで、兎田の弟たちって激可愛いよな。もう、うちなんかCM以来、家族そろって食事時の話題は兎田家だぜ。今頃、七くんたちもご飯かしら？　って。うちの母ちゃん、婆ちゃん超夢中！　最近、嫁姑仲がよくなったって、父ちゃん泣いてたわ」

「うちはお袋と姉ちゃんのテンションがハンパない。姉ちゃんなんか、マジで兎田を家に連れてこいとか、長男さんを紹介しろとか、大家族の嫁入り狙ってて怖いぞ」

「あ、それ、俺のところもだよ。遠縁の姉ちゃんが長男さんと会いたいって言ってきた。誰の親戚だかわからないぐらいの遠縁だぜ。ビックリなんてもんじゃねぇよ」

「うわっ。クラスメイトってだけでそれかよ。恐るべし、きらきら大家族。さすがは、独身女性が嫁入りしたいご一家ナンバーワンだな」

「――――何それ？」

「どっかの週刊誌が勝手に企画してたやつ。名だたる芸能、著名人一家を出し抜いて、堂々一位だったぞ」

「――――頼むから早くうちのことは忘れてくれ。怖くて弟たちを表に出せないよ」

「だよなー。あ、お前らどこ行くんだよ。こっちこっち！」

「あ、ごめんごめん。あっちがすごすぎて、目を奪われちゃったよ」

そして、俺のところも同じクラスの女子班と一緒だ。

俺が生徒会行事に忙しかったため、同班の仲間に企画を丸投げしたらこうなった。

男女合わせて十人で三泊四日を過ごす感じだ。

「あっち？」

「そう。あれ、見てよ。三組の生徒会長と風紀委員長がいる班。女子グループの取り巻きがすごいったら。アイドルグループと追っかけみたいなことになってるでしょう」

――――とはいえ、男女合同行動が若干災いしたかなと思えたのは、こんな情報が逐一《ちくいち》耳に入ってくることだった。

『うわぁ。本当だ。男子五人に女子二十人？　こうなると、会長と隼坂と一緒になった、残り三人が気の毒だ』

見れば確かに「何だ、あれ」って状態だった。

隼坂の顔が完全に能面化してる。

「会長はノリとサービス精神で生きてるからな。でも、班が同じってだけで、付き合わされてる隼坂のほうはどうだろう。顔には出さないにしても、超かったるいって感じじゃね？」

「そうか？　どんなに興味ありませんって顔をしてても、内心ウハウハじゃねぇ？　俺らだって、兎田のおかげで女子と一緒でウハウハじゃん」

「あんたたちは、兎田くんが一緒の段階で、もうウハウハでしょう」

「あれ？　そう言われたらそうか」

「馬鹿っ。真顔で認めないでよ。うちら、立場ないじゃん」

「はははは。そこは、お互い様だって」

「もうっ」

でも、男だけなら他班のことなど気にしない。

というか、この手のことには無関心という連中と組んでいたから、本来だったら話題にも上らないはずだった。

やはり、女子目線は違う。

『あ、こっちに気がついた』

俺がジッと見ていたためか、隼坂が気がついた。

お疲れ様って感じに苦笑いをしたら、隼坂も同じように返してきた。

『あーあ。初日から疲れ切ってるよ』

内心ウハウハではなさそうだ。

だが、そんな隼坂の背中をちょんちょんって小突く子がいた。

「あ！　あの子、風紀委員の副だよね？　確か、隼坂くんの大本命らしいって噂の子」

――隼坂の大本命!?

俺は思わずガン見してしまった。

相手は小柄で綺麗可愛いと評判の風紀副委員長だ。

確か名前は――忘れた。

にゃんにゃんキャラなら脇役まで全員覚えているのに、興味や必要のないものに対しての記憶力って、こんなものらしい。

「違うよ。逆、逆！　彼女の本命が隼坂くん。ついでに言うなら、生徒会長の従兄妹《いとこ》で、今回のグループ割りに暗躍《あんやく》してるに一万点かな」

「え!?　それって…」

「使える者は親でも使えよ。ノリのいい従兄弟なら、使い放題じゃない」

「うわっ。気合十分なんだね」

「見てわかるでしょう」

「うん」

こういうのを「女の敵は女」っていうのかな？

一緒にいる子たちの目が、驚くほど冷ややかだった。

でも、これってもしかしたら、焼きもちなのかもしれない。

本当なら自分が傍にいたいのに、ずるい！　とかってやつで――――。

『本命、ね。俺が気にしてなかっただけで、意外とモテるんだな』

俺は、隼坂たちのグループと離れてからも、隼坂と彼女のことが気になった。

『でも、そりゃそうか。品行方正で、融通《ゆうずう》が利かない堅物《かたぶつ》に見えるけど、実際付き合ってみたら柔軟だ。臨機応変《りんきおうへん》だし気さくだし、何よりルックスも悪くない。いや、ちゃんと見たら、かなりいいほうだろう。その上、学年トップで東大一直線ときたら、本気でアタックする子がいても不思議じゃない。本人が誰とも付き合ってないんだし、遠慮するほうが損だ』

なんていうか、何をしても上の空って感じで、瞬く間に一日が終わってしまった。

『隼坂だって、俺へのもやもやがスッキリすれば、他に目が行くだろうし。あれだけの可愛い子に、アタックされたら…な』

気にしないようにすればするほど、不思議と二人の姿が目に付いた。

『それにしてもあの子、大胆だな。皆の前でも平気で隣を歩くし、堂々としているし。まあ、役員のときからそうなのかもしれないけどさ』

別行動とはいえ、朝食と夕食は宿泊施設で済ませるので、大食堂なんかですれ違う。

『あーあ。バイキングは本人の好きにさせておけよ。自分の好みを勧めたい気持ちはわかるけど、ほっといてやるほうが親切だって。そうでなくても隼坂って、意外に充功《みつぐ》、樹季《いつき》レベルで好き嫌いがある奴なんだからさ』

グループ行動にしても、決められた範囲をどう回るかって話だから、意外とばったりなんてことも多々起こる。

『今日も朝から晩まで一緒かよ。なんか、ムカムカしてきた。けど、隼坂だって、嫌じゃないから一緒にいるんだろうしな。それに、時々だけど笑ってるし』

そうして迎えた三日目の夕飯時――――。

「見せて見せて。今日もお父さんから、子犬の写真を送ってきたんでしょう」

「そうだね」

「可愛い！　うわぁっ。本当、可愛い。どうしよう！　本当、一日一日で変わるよね」

「ああ。これだよ」

とうとう俺の耳には、ひとつのスマートフォンを仲良く見る二人の会話まで飛び込んできた。

『何、勝手に見せてるんだよ！　ってか、俺はこの三日間、子犬の成長記録を見てないぞ。俺たちの子なのに！』

そして、俺は想像を絶する自爆《じばく》をした。

『は!?　いや、違うって！　エイトたちはエリザベスとエルマーの子だよ。俺たちの子って、何考えてんだよ。俺っっっっ!!』

自分でもあり得ないと思う発想に驚いて、その場でしゃがみ込む。

もう、腰から足から一気に力が抜けてしまって、立っていられなかった。

「兎田！　どうした」

「兎田くんっ、平気!?」

「先生！　兎田くんがーっ」

ただ、食堂の出入り口で、突然しゃがんだものだから、周りが具合が悪いのかと勘違いした。

「兎田！」

騒ぎに気づいた隼坂や先生たちまで飛んできた。

「どうした、兎田」

「兎田。大丈夫か？　顔が赤いけど、熱中症とかじゃないよな？」

隼坂が、俺の傍にいた連中を押しのけて、がっしり肩を掴んでくる。

その瞬間、俺の心臓があり得ないぐらい高鳴った。

こんなにバクバクしたことがなくて、目眩《めまい》にも似た感じになって、ただ怖い。

『どうしよう。どうしよう、寧兄！』

声も出なければ、心配してくれる隼坂や友人たちの顔も見れなかった。

すべての意識が、掴まれた肩にばかり集中してしまう。

もう、駄目だ。泣きたい。

「とにかく、医務室に」

「僕が連れて行きます。先生は、保健医さんを」

「わかった。頼むぞ、隼坂」

「はい」

こうして俺は、そのまま施設の医務室に連れて行かれることになった。

仮病《けびょう》とまでは言わないが、病気じゃないのは確かだ。

いや、もしかしたらこれが恋の病《やまい》ってやつなのか？

『あ、もう、駄目だ。俺は隼坂のことが好きなんだな』

観念するしかないのかな？

認めるしかないんだろうな。

自分で振った相手なのに――――!!

「さ、兎田。立てる？　無理なら背負うよ」

「肩だけ、貸して」

「わかった」

そして、この場になって、初めて知った。

俺が寧兄と鷹崎さんにすすめた二人三脚って、ものすっごい余計なお世話だった。

別に、周りから見たら、どうってことない光景だろうけど、好きって意識がある者には羞恥以外の何物でもない。

こんなの公開処刑かってくらい、恥ずかしいしやるせない。

寧兄たち、よく走ったよ。

「先に横になって。すぐに先生が来ると思うけど」

「あ、ありがとう」

しかも、寧兄たちの終着はゴールテープだけど、俺は医務室とはいえベッドだ。

もう、罰が当たったとしか思えない。

よりにもよって、隼坂にベッドに誘導されるとか。寝かしつけられてるのに、ひたすら具合の心配だけされるとか、どんな罰ゲームなんだよ⁉

『こんなシチュエーションで何もしてこないって、本当にもう諦められたんだな』

俺は、ますます頭に血が上って、武蔵《むさし》か七生じゃないんだからっていう知恵熱のようなものを出した。

その結果、先生たちの話合いで、最後の夜は医務室で泊まることになった。

風邪の症状なんかもちろんなかったんだが、明日帰るための用心ってことで、一応解熱剤を飲んでお休みなさいだ。

俺、一人きりで――――ぽつんと。


その夜。俺の脳裏には、これまでのあれこれが走馬燈《そうまとう》のように巡っていた。

『馬鹿だ。もう、どうしていいのかわからないぐらい、俺って大馬鹿だ』

やってることが、何から何までヘマすぎて、泣くに泣けない。

そのくせ変に興奮してしまって、寝付けない。

修学旅行生だけで満たされた宿泊施設は、十一時にもなれば、強制就寝でシーンだ。

俺しかいないのに、無駄に広い医務室なんか更にシーンで、今にも何か出そうなぐらいだ。

打ち寄せては引く波の音も、微《かす》かに聞こえる虫の音も、何の慰めにならない。

かえって、同情されているような気分になってくる。被害妄想もいいところだ。

『駄目だ。なんかもう、いろいろ限界だ。寧兄、どうしよう。胸が痛いよ。苦しい』

俺は、ズボンのポケットからスマートフォンを取り出し、寧兄にメールを打った。

ブラコンと言われようが、今の状況と気持ちを聞いてもらえるのは、寧兄しかいない。

時間も時間だし、もしかしたら電話できるかもしれないしと思って――。

「あ、きた」

すると、すぐにスマートフォンが振動した。

でも、画面に表示された名前は鷲塚《わしづか》さんで、寧兄じゃなかった。

こんな時間に、しかも俺が修学旅行中だってわかっているはずなのに、何かあったんだろうか？

「――――はい。もしもし。双葉です」

俺は、全く違う意味でドキドキしてきた。

〝どうしたの？　双葉くん〟

「え？」

〝メール、間違えてるよ。俺のところに届いてる〟

「あ！　ごめんなさい。俺、やっちゃった」

自業自得だった。

俺はベッドから起き上がると、スマートフォンを手に、ペコペコ頭をさげる。

〝送り先を間違えるなんて、よほどだね。旅行で何かあった？〟

「いや、それが…その。なんていうか。鷲塚さんの声を聞いたら、吹っ飛びました」

本当に俺は、何をしてるんだろうって話だ。

余りに滑稽《こっけい》で、かえって冷静になった気がする。

〝え？〟

「本当に。なんか、急に元気出てきちゃった」

〝そう。なら、いいけど。それより、そっちはどお？　天気はいいみたいだけど〟

「おかげさまで。鷲塚さんがいたらきっと――――っ！」

けど、開き直ったように声が明るくなった俺の視界に、突然隼坂の姿が映った。

もしかして、心配して見に来てくれた？

俺を起こさないように、そっと部屋に入ってきた？

だとしても、間が悪すぎる。

隼坂は俺のほうをジッと見て、何か言いたげだったが、顔を逸らした。

たったの一言も発せずに、部屋からそのまま出て行こうとする。

「ちょっ、待てよ！」

俺はスマートフォンを手放し、隼坂を追いかけた。

扉に行く前に腕を掴んで、ベッドのほうまで引き戻す。

「どうして何も言わないんだよ。何で、文化祭のときみたいに怒らないんだよ。もう、俺には何の興味もないとか、そういうことか」

「何言ってるんだよ。僕はただ、電話の邪魔しちゃいけないと思ったから」

いきなりまくし立てた俺に、隼坂は戸惑っていた。

文化祭のときはあんなに怒ったのに、今は本気で戸惑いながら、俺を宥《なだ》めようとした。

「何が邪魔なんだよ。俺と鷲塚さんは何でもないよ。勝手な誤解するなって言っただろう！」

「ごめん」

しかも、頭まで下げられて――――。

俺は、鼻の頭がツンとなったと同時に、目頭《めがしら》が熱くなった。

「どうして謝るんだよ。ここ、謝るところかよ」

「なら、どうしたらいいいんだよ」

「そんなの俺が知りたいよ！　わからないから聞いてるんだろう！」

八つ当たりとしか思えない言葉と一緒に涙が出ちゃって、もう…駄目だ！

「兎田」

『もう、お前なんか知るもんか！』

テンパりきって弾《はじ》けた俺は、衝動的に唇を押しつけた。

隼坂に、キスをした。

「――――っ」

ビックリしすぎた隼坂が、目を見開いた。

心底から驚いていて、それ以外の感情がないことがわかるだけに、俺の衝動は一瞬にして罪悪感になる。

「ごめんっ」

「兎田っ!!」

逃げるように離れた俺の腕を、今度は隼坂が掴んできた。

「放せ」

「ちょっ! 待てってて」

どんどん頭が冷えて、冷静になってくる。

人の唇を奪うなんて、勝手にキスしちゃうなんて、俺はなんてことしたんだろう。

もしかしたら、あの子とつきあい始めていたかもしれないのに、こんなの「ごめん」じゃすまない。

許されることじゃない!

「放せって」

「放せるわけないだろう!」

「っ!!」

もみ合ううちに怒鳴られて、全身が震えた。

自分でも身体がすくんだのがわかるぐらい、俺はその場で固まった。

隼坂が怖いと感じたのは、これが初めてだった。

顔も見れないし、目なんかもっと合わせられない。

しかし、

『……え？』

隼坂は怯《おび》えた俺の顔を覗き込むと、唇を寄せてきた。

『えっ……っ⁉』

唇に、そっと唇が触れるだけの優しいキス。

微かに聞こえてくるさざ波のように、寄せては引いていくだけのキスに、俺は瞬きさえできずにいる。

「――――好きだよ。まだ、諦めてなんかいない。僕は兎田が好きだ」

隼坂は、唇を放すと、俺の背を抱きしめてきた。

「…っ、隼坂」

「兎田が誰を好きでも、傍にいられればよかった。本当はよくないけど、傍にいられる喜びや楽しさには勝てなかった。だから、我慢してたにすぎない」

俺のほうが胸が痛くなるような告白もしてきた。

「今だって、本音を言うなら、スマートフォンを横取りして投げたかった。どうしてこんなところに来てまで、鷲塚さんなんだよって。叩き壊したかった」

「ごめん」

他に言葉が浮かばない。

するとと、耳元に唇を寄せて、

「どうして謝るんだよ。ここ、謝るところ？」

「――――っ」

言い返されたと言うよりは、仕返しされた。

それが証拠に、口元が笑っている。意外と意地悪だ。

俺が訳もわからず絡んだ。八つ当たりもしたからだろうけど、それにしたって…だ。

「もっと、別に言うことはないの？」

それでも、俺が言うべきことは誘導してくれた。

俺は、自分からも隼坂の背に腕を回してみた。

「ありがとう。俺も、好き…みたいだ。これまでとは違う意味で。もしかしたら、隼坂と同じ意味で」

想像もしてなかったぐらい、ドキドキするのに、落ち着けた。

こんなふうに、家族以外の誰かと抱きしめ合うのは初めてだったが、不思議なくらい安堵した。

「兎田」

隼坂の手が、おれの髪を撫でる。

改めてキスをされるのかな？

俺はそっと目を閉じた。

〝ガシャン！〟

が、背後で何か物音がした。

瀬戸物《せともの》でも落として割ったような、そんな音だ。

『え？』

焦って振り返ると、通話中のスマートフォンの画面が、俺の目に飛び込んだ。

「あ！　俺、電話切ってなかった」

「えっ!?」

慌ててベッドに投げたままのそれを手にしたが、既に遅しだ。

「もしもし。もしもし、鷲塚さんっ。鷲塚さんっ！」

〝ごめん。急に電話が途切れたから、心配で。でも、何も聞かなかったから。聞こえなかったから。じゃあ、お休み〟

「あ、鷲塚さんっ！」

取り繕う間もなく、鷲塚さんから電話が切られた。

それを見た隼坂も、顔が引きつっている。

「完全に聞かれたね」

「ごめん。俺が――――。と、メールが来た」

動揺している俺たちの元に、すぐさまメールを送ってきたのは鷲塚さんだ。

本当に、即行で打ったんだろうな。

〝ごめん。本当は聞こえた。お幸せに。ただし、この件に関しては、寧の耳に入るまでは、俺の胸に留めとく。俺は寧から聞くから、そういうことで。よろしく〟

二人で肩を並べて目を通した。

「これも彼流の気遣いなんだろうね」

「うん。寧兄の性格もよくわかってるから。こんな一大事を、偶然とはいえ先に知ったなんて、偉いこっちゃと思ったのかも」

こんなときに、そんなことにまで気が回るなんて、さすがは大人だ。

というよりは、実に鷲塚さんらしいと感心してしまう。

「でも、悪いことしたのかな。兎田が鷲塚さんに特別な意識がなくても、向こうはそうじゃなかったかもしれないのに」

「それはないよ。鷲塚さんが好きなのは寧兄だ。それだって鷹崎さんが現れたから、潔く諦めたぐらいだ。本人も今は、恋より仕事と子犬って感じだし」

「鷹崎さん？」

「あっ！　やばっ!!　今の絶対に言うなよ。寧兄たちに対しても、態度を変えるなよ。一応二人の交際は、世間には秘密だからさ」

それなのに。ああ！　それなのに。

今夜の俺は、取り返しの付かないミスばかりを連発だ。

知ったところで隼坂がどうこうってことがないのはわかっているけど、そういう問題じゃあない。

「わかった。聞かなかったことにするよ。というか、聞いても全然驚かないや。実は夫婦ですっていわれても、ああやっぱりねって感じで。なんか、自然にそう思う」

「────そう。よかった。でも、それにしたって、何してるんだろうな。今夜の俺は、本当に駄目駄目だ。もう、最悪」

俺はその場で膝を崩すと、ベッドにすがりついた。

「僕のことも？　早まったとか思ってる？」

余りの崩れ方に、隼坂が心配そうに聞いてくる。

わかっていて聞いてきた感じだけど、俺がはっきり答えたことには、かなり安心した顔だ。

「よかった」

「それはない」

ただ、これで俺も安心できたかといえば、また違う。

こんなときにとは思っても、逆に今しか聞けないだろうと思い、俺はこの三日間の不安をはき出した。

「それより彼女は？　風紀委員の副委員長は？　告白されたんじゃないのかよ」

「告白？　子犬を譲ってほしいとは言われたけど」

更に想像もしていなかった言い訳が、いや理由が返ってくる。

「子犬⁉」

「そう。セントバーナードの子犬って、ブリーダーから購入しても、けっこういい値段だからね。友情割引でどうにかかって頼まれたんだ」

――――嘘だろう！

俺は、逆に信じられなくて、立ち上がった。

隼坂が寝間着代わりに着ていたTシャツの胸元を掴んだ。

「それって、子犬をご縁にお前ともどうこうじゃなく？」

「え？　何か誤解してない？　彼女が好きなのは生徒会長だよ」

「は⁉」

「あ、今のは聞かなかったことにして。これこそ洒落《しゃれ》にならないや」

ノリとはいえ、サラっと言ってしまったことに、隼坂も動揺していた。

何か、ますます話がややこしくなっていく。

「でも、この修学旅行中、けっこう二人で一緒にいたじゃないか」

「それは…。子犬の譲渡の話に便乗して、彼女が会長を意識させたがったからだよ。何でも従兄弟同士だから、こうでもしないと、自分を女としてみてくれないって」

それでも、言ってしまったものは仕方がない。

隼坂は、彼女の策略とも努力とも取れる行動の裏を話してくれた。

「あとは、僕も。少しは兎田が、気にしてくれるかなって気持ちがあった」

「え⁉」

「初日に、ちょっと気にしてくれてたみたいだから、それで」

隼坂自身の目論見《もくろみ》的なものも、一緒に吐露《とろ》してきた。

「俺は引っかけられたのか？」

「そういうつもりはないよ。ただ、これで兎田から〝彼女とお幸せに〟とかって言われたら、そのときは本気で諦めなきゃとは思ってた。心から、友情だけにしなきゃって」

ああ、そうだったのか――――。

この四日間で俺が何も感じなかったら、あとで気づいても遅かったんだ。

隼坂は彼女の作戦に乗ったは乗ったけど、それがなくても、きっと近いうちに気持ちを切り替えた。

俺への恋は諦めた。

少なくとも、受験が終わるまでは、なかったことにしただろう。

「でも、いいやり方じゃない。卑怯《ひきょう》だった。ごめん」

だって、そうでなければ、今から受験なんて言い出した俺の相談相手にはなれない。

半端な気持ちで傍にいるほうが、きついし辛《つら》い。

逆に自分の受験に支障を来しかねないし――――。

そう考えたら、隼坂にとってもここが切替え時だった。修学旅行が、一つの区切りだったんだろう。

「ここも謝るところじゃないよ。謝るぐらいなら、もっと別な言葉があるだろう」

俺は、そう言いながら、笑って見せた。

「兎田」

「な！」

なんか、これ以上は何も必要がない気がして、同意を求めた。

「そうだね」

すると、隼坂も笑って返してきた。

その後は俺の肩を抱き寄せて、

「兎田。好きだ」

「――――俺も」

俺たちは改めてキスをした。

外から聞こえるさざ波が、虫の音が、今はただただ照れくさかった。

おわり♡

エリザベスは知っていた

〜満月の夜の秘密〜

俺の名前はエリザベス。

元気で賑やかで、それでいて家族全員がきらきらな大家族のお隣のじじばばに飼われる、セントバーナードの♂《オス》だ。

今月の頭に可愛い子犬が六匹も生まれたばかりの新米父犬《パパ》だが、俺の元に妻子はいない。

かなり寂しいワン。

「クォ～ン」

隼坂《はやさか》家に飼われる妻・エルマーとの同居は無理だし、子犬たちもいずれは新しい飼い主の元へ巣立っていく。

長男のエイトと一緒に暮らせるだけ、幸せと言えば幸せだ。

何せ、自他共に認める大型犬の俺たちは――食《く》うからな。

「バウッ」

ただ、そんなエイトも、生後三ヶ月ぐらいまでは母犬のもとでたっぷりミルクをもらい、兄弟仲良く暮らしたほうが心身共にいいというので、我が家に引き取られるのはもう少しあとだ。

そして、このたび次男のナイトが寧《ひとし》の同僚・鷲塚《わしづか》さんに引き取ってもらうことに決まったので、クリスマスの頃にはいっそう賑《にぎ》やかになること間違いない。

ワンワン、ニャンニャン、ひっちゃー!! で、大騒動かもしれないが――――。

まあ、そこは俺も頑張って子守をする。

こうなったら、目指せイク犬！ だワン。

「バウッ!?」

――――なんて新たな決意をしていたら、隣から扉を開閉する音が聞こえてきた。

しかも、車のドアの音まで？

あれはきららパパのフェアレディZ・STだ。

「今夜は満月か。綺麗じゃのぉ、ばあさん」

「本当に。あら、お隣から車の音が」

「ふむ。あれは、鷹崎《たかさき》さんの車の音だのう」

「今、来たばかりだというのに。どうしたのかしら？」

じじとばばも気がついた。

確かに、きららパパは今さっき着いたばかりなのに、もうお出かけか!?

渋くてカッコいいエンジン音が、家から離れていく。

「きっと何か入り用ができて、買い物にでも行くんじゃろう。きららちゃんのパパは二枚目の上にマメな男だからのぉ。若い頃のわしそっくりじゃ」

「あらやだ。冗談でも、鷹崎さんに悪いわよ。ねぇ、エリザベス」

「クォ～ン」

真顔で否定するなよ、ばば。

もちっと伴侶《はんりよ》を立ててやれよ。

実際、じじはこの年にしてはイケメンだぞ。若い頃もなかなか凜々《りり》しい男前だ。

ただ、きららパパは別格だ。

寧たち一家同様、比べちゃいけない世界のイケメンだワンよ。

「ウォン?」

――と、裏山から何やら遠吠えが響いてきた。

「ワオーンッ」

（エリザベスたーん）

「オン、オン、オーン」

（おネエ犬たーん。調子はどおだーっ）

どうやら裏山の野良犬《のらいぬ》たちだ。

暇なものだから、遠吠《とおぼ》えがてらに俺をからかってくる。

（俺たちの天使・七生《ななお》は元気かー）

（たまには連れてこいやーっ。連れてこないと、会いに行くぞーっ）

「ワオーンッッッ」

あ、本命はこっちらか。どうやらあいつら、そろそろスーパーエンジェルな七生に、お腹《なか》を撫で撫でされたいらしい。

七生の愛らしさに参ってからというもの、かなり大人しく生活している。

野犬狩りにでもなったら、二度と七生に会えないぞ！　と教えたのは、相当効果があったようだ。

今や七生の無垢《むく》な笑顔と抱っこやギューは、あいつらの唯一の楽しみなのかもしれない。

そのうち散歩がてらに会わせてやりたいと思うが、さて――――この場合、誰を懐柔《かいじゅう》するべきか。

寧か双葉《ふたば》か充功《みつぐ》か。士郎か樹季《いつき》か武蔵《むさし》か。

いや、樹季や武蔵だけではお散歩には出してもらえない。

としたら、やはりここは、士郎から上だな。

「オッ！　オオーンッッッ」

なんて思っていたら、突然やつらの鳴き声が変わった。

（あ！　七生の知り合いのおっちゃんの車が来た！）

（七生の兄ちゃんと一緒だ！　いきなりチューしたぞ!!）

――なんだと!?

俺は思わず立ち上がった。

ここから様子が窺えるわけではないが、リビングの庭に出る大きな窓のほうに移動した。

「ワオンワオン、ワオーンッ」

（何だ何だ!?　人間って、♂《オス》同士でも結婚できたのか！）

（♀《メス》が足りねぇんだろう。七生ん家だって、♂《オス》ばっかだしな）

――いや、ちょっと待て！

とんでもない会話に、俺は狼狽《うろた》えた。

（それにしても、ラブいなーっ。ひゅーひゅーだぜー）

（見に来いよ、エリザベスたん！）

俺は思わず「やめろっっっ！」と吠え叫ぶ。

「ワオーンッッッ!!」

お前等は俺に話しかけてるつもりだろうが、それは内緒話じゃない。

ご近所中の犬の耳に入るだろうっ！

「駄目よ、エリザベス。どうして急に吠えたりするの！」

「アウッ！　アウアウ」

それどころじゃないんだ、ばば！

寧とパパの秘密がバレちまうっ！

二人のお付き合いが、ご近所にダダ漏れになるんだよっっっ！

「静かに、エリザベス！　お前が吠えると、近所中の犬が吠え出すでしょ」

それはわかってる。

わかっているが、今だけは許してくれ、ばば！

「オオーンッ」

「エリザベスっっっ！」

俺はその後も奴らを止めた。

この分だと明日はご飯抜きかもしれないが、このピンチには引き換えられない。

「オオーンッ」

（やめろーっ!!　これ以上実況中継するなーっっっ。そこは武士の情《なさ》けだ。知らん顔してやれってーっっっ!!)

(無理ーっ！　七生の兄ちゃん、激可愛ぇーっ)

(揺れてる、揺れてる、車が揺れてるーっ。俺も一緒に揺れてーっ！)

(超、楽しそーっ！　いいな、いいな、いいなーっ)

(ラブラブだぜ。ちっ！　うらやましーっ)

しかし、時既に遅かった。

「ワッオーンッ」

「キャウンキャウン」

奴らの実況中継を耳にしたご近所の飼い犬たちが、即行で反応し始めた。

こういうときに、地元で人気があるのもあだになる。

みんな寧が大好きだから、余計に興味津々《しんしん》、好奇心満載で、でも「結婚おめでとー」みたいに大盛り上がりになっていく。

しかも、騒ぎはこれだけに止まらない。

(あれ？　車が止まったぞ)

(何だよ。もう終わりか)

奴らが律儀《りちぎ》に中継を続けたもんだから、こっちの心臓はバクバクだ。

(人間って、種付け早いな。俺等《おれら》みたいに時間かからないんだな)
(♂《オス》×♂《オス》だからじゃね？)
いや、そういう問題じゃない。
そもそも構造が違うんだから、一緒にすんなって。
(あ、そっか。そういや、エリザベスたんみたいな子作りじゃねーもんな)
(あいつ、エルマーと一時間だって？)
(わおっ！　やるときゃ、やるんだな、エリザベスたーんっ)
「オオーンッッッ」
俺のことはどうでもいいから、とにかく黙れ！
もう吠えるな！
ってか、寧ときららパパのラブラブをバラすなーっっっ!!
「エリザベス!!　静かにしなさい!!」
「クォ〜ン」
しかし、もはやあとの祭りだ。
——許せ、寧！　無力な俺を、どうか嫌いにならないでくれ!!
俺はその場に突っ伏した。

それからしばらくして、寧を乗せたきららパパの車が戻ってきた。

「ただいま」

「只今《ただいま》、戻りました」

まるで何事もないような弾んだ声が聞こえてきた。

だが、既に寧ときららパパのお付き合いは、ご近所中の飼い犬たちの知るところになっている。

「お帰りなさーい」

「みゃっ！」

「みゃ⁉」

「え？」

それこそ夜空の満月のみならず、数十分後にはエルマーがいる隣町の犬たちにまで知れ渡ることになり…。

「ワオーンッ」

「オオーンッ」

みんな「結婚おめでとう！」とか「よかったワンねー」「お幸せにー」と、祝いの遠吠えをした。

「何、こんな時間に吠えてるの！」

「静かにしなさいっ!!」

そして、揃いも揃って、飼い主たちに怒られた。

これこそ、知らぬは本人たちばかり也《なり》。

——だったリン。

おわり♡

あとがき

こんにちは。このたびは本書をお手にしていただきまして、誠にありがとうございます。大家族本――なんと五冊目になりました！　完全に「上司とほにゃららはどこいった⁉」状態ですが、それでも刊行が続いているのは、皆様（一緒に作ってくださる方から読んでくださる方）のおかげです。本当に感謝しております。

このシリーズに関しては、一番身近にある家庭、家族を軸にしているので、ある意味ごまかしの利かない部分が多いです。その反面、過去最高にドリーミングと言いましょうか理想に満ちたご近所世界だな――なんて思っております。また、すでに折り返した人生を振り返り、執筆ごとにニンマリしたり反省したり、ときには今と昔の違いを真剣に見つめ直して比較してみたり。今更学校の制度や行事内容を調べてみたりと、随所に〝これまで書いてきた作品とは違う作り方をしているな〟と感じながら、でもそれが新鮮で面白くて、毎回楽しみながら執筆しております。

とはいえ、一冊単位で考えると、過去最高に登場人物の多い大所帯本なので、読んでくださっている方々もすごいな、根性あるな――と感謝・尊敬が絶えません。

今回なんか、士郎《しろう》（飛鳥龍馬《あすかりようま》くん）、樹季《いつき》（沙也夏《さやか》ちゃんと夢叶《ゆうと》くん）、武蔵《むさし》（柚希《ゆずき》ちゃん）のお友達の名前まで出てきましたし。そのため、ほんちゃっちゃ常務にはイギリスへ出張（一応、ハロウィンの本場）に行ってもらいました。プロット段階ではちゃんといたんですけどね。いざ書いたら、定員オーバーってことで(笑)。それでもまだ、寧《ひとし》の営業部の課長と係長にも名前がない。エリザベスのおじいちゃん、おばあちゃんにも名前がない。颯太《そうた》郎《ろう》パパの仲間には触れていないので、今以上にごっちゃりすることはないかなと思いますが。多分、パパのところがけっこうな人脈層だろうなと、基礎設定資料を作りながら「自重、自重」と呟いております。

ただし、そう呟きつつも大量に書いてしまった運動会シーンで、「削ってください」と指示をされる（実際削る）覚悟をしていたのに、「もっと詳しくハロウィンパーティーを書いてください。キャンプみたいに！」とリテイクを食《く》らった私は、まだまだセシルクオリティに関しては甘ちゃんでした。エロラブよりも話の流れや可笑《おか》しさを選んでしまい、ラブホテルシーンをすっ飛ばしたこととか突っ込まれるよな――と、内心冷や冷やしていたのに。そこには目もくれず「ハロウィンパーティー!!」です。本当にこれは想定外で、「へぇ～、そこですか？」（説明が付かない驚き）でした。

ただ、リテイクを頑張った分、パパたちのコスプレイラストが！　という、ご褒美をいただきましたので、結果的にはキャー（きららちゃん風）です。多分、読者様的にも担当様グッジョブなのかと思います。みずかね先生には、ひたすらお手間《てま》を増やしてしまいましたが（申し訳ないです……）、サタン様とミカエル様が見られて嬉しいです！

それにしてもセシルクオリティの壁は高く厚く、そして奥は深い。次こそ一発ＯＫをもらいたいものですが、なんかコレに関しては、永遠にもらえないような気がします。

もちろん、いい意味で――ですが（笑）。

あ、それはそうと。今回は今更ですが「純愛」がテーマです。なので、あえて二人の気恥ずかしいシーンを中心に書いてみました。寧が「恥ずかしい」と感じるぐらいですから、きっと鷹崎《たかさき》にとっては公開処刑レベルの恥ずかしさが山積みだったと思われます。私的には「完璧そうな攻めが貶められるところが好物」なんで、鷹崎のＢＬ攻めとしての地位が向上することは、今後もない気がしますが。それでも他シリーズの攻めに比べたら、そうとう扱いはいいし、寧が家事・育児達人な上に、ベッドではイエスマンなので幸福かと。舅《しゅうと》や小舅《こじゅうと》たちにも恵まれてますしね（笑）。

そして、こちらもカメの歩みのごとくですが、このたび次男・双葉《ふたば》の交際もスタートしました。恋に受験にどうなることやら。寧ではないですが、隼坂《はやさか》くんの父上が心配です。

バレたときには颯太郎パパと二人でお茶をしながら、「はぁ……」「天国の妻になんて言えば」と、肩を落とし合う感じでしょうか？　こちらもゆるりゆるりな進展ですが、友人や家族目線で見守っていただけると幸《さいわ》いです。

あと、これを機に「エリザベスのじじ・ばばの名字・名前」を募集します。自薦他薦《じせんたせん》？は問いません（笑）。創作もありです。こんな名前はどうだろうかというオススメがありましたら、編集部経由《けいゆ》のお手紙やサイト経由メールでいただけると嬉しいです。名前は他キャラとのバランスをとって、日向《ひゅうが》が決めさせていただきます。また、そのさいに手紙の方は返信用の封筒（切手と宛名付き）を同封していただければ、お礼にSSペーパーを送らせていただきます。メールの方は、同内容のメール返信になりますので、受信設定に気をつけてくださいませ。

〆切は二〇一五年（今年）十一月末必着。名前の発表は大家族6物語内にて。粋でキュートなネーミングをお待ちしております！

それではまた大家族で、そして別なお話でもお会いできることを祈りつつ――。

日向唯稀

セシル文庫をお買い上げいただき、ありがとうございます。
この本を読んでのご意見・ご感想・ファンレターをお待ちしております。

☆あて先☆
〒154-0002　東京都世田谷区下馬6-15-4
コスミック出版　セシル編集部
「日向唯稀先生」「みずかねりょう先生」または「感想」「お問い合わせ」係
→Eメールでも OK！　cecil@cosmicpub.jp

セシル文庫

上司《じょうし》と純愛《じゅんあい》 ～男系大家族物語《だんけいだいかぞくものがたり》5～

【著者】　日向唯稀《ひゅうがゆき》
【発行人】　杉原葉子
【発行】　株式会社コスミック出版
〒154-0002　東京都世田谷区下馬 6-15-4
【お問い合わせ】　-営業部-　TEL 03(5432)7084　FAX 03(5432)7088
-編集部-　TEL 03(5432)7086　FAX 03(5432)7090
【ホームページ】　http://www.cosmicpub.com/
【振替口座】　00110-8-611382
【印刷／製本】　中央精版印刷株式会社

乱丁・落丁本は、小社へ直接お送り下さい。郵送料小社負担にてお取り替え致します。
定価はカバーに表示してあります。